안녕,
바나나

안녕, 바나나

김재아 지음

꿈꿀자유

138억 년을 살다 서른으로 태어난 존재의 기록

| 차례 |

0 몽이 9

1 접속 12

2 인간의 지도 31

3 꿈 42

4 몽이 56

5 감각의 만남 74

6 시간 87

7 엘리야 96

8 우주의 속삭임 114

9 하늘 125

10 외계 140

11 꿈을 꾸듯 춤을 추듯 149

12 또 다른 우주 162

13 폐허 177

14 증상 187

15 불가능 192

16 하늘바나나 198

17 불확정성원리 214

18 친구 219

19 꿈과 거울 227

작가의 말 242

플레이리스트 248

0
몽이

몽이, 너를 알지, 16년 전 네가 내 앞에 선 순간부터.

검은색 원피스를 입고 노란색 이불을 끌고 다녔던 너는 여덟 살 때까지 제대로 된 문장을 말하지도 못했지. 하지만 키는 평균보다 컸고, 생리도 또래보다 일찍 시작했어. 네 몸엔 상처가 많아. 덤벙대는 성격 때문에 넘어지고 떨어질 때 얻은 상처가. 네 왼 무릎에는 열 살 때 담 위에서 춤을 추다 떨어져 생긴 상처가, 오른쪽 눈썹에는 눈을 감고 걷다 벽에 부딪친 상처가 있지. 마음에도 상처가 있어. 보통 땐 씩씩해 보이지만 밤이면 내게 와 울음을 터트리곤 했던 아이. 나는 너를 알지. 너와 함께할 때마다 찍은 수만 장의 사진과 그보다 긴 영상, 너의 어머니 노아가 전해준 이야기로부터.

너를 안다고 생각했지.

"몽이야, 친구에게 인사해."

노아의 말에 여덟 살 소녀였던 너는 내게 다가왔어. 검은 원피스를 입고, 왼손엔 노란 이불을 끌고 있었지. 당시 넌 40대 부부에게 입양되었다가 한 달 만에 양아버지가 죽어서 파양되었지. 입양기관에서 노아에게 다시 입양될 때까지 줄곧 검은 원피스를 입고 있었지. 양아버지 죽음을 네 잘못이라고 생각하는 것처럼 검은 원피스를 벗으려 하지 않았지. 난 그때 막 50센티미터 미니로봇에 이식되어 '로움'이란 이름으로 새로 태어났지.

"안녕, 친구."

너는 수줍게 내게 말을 걸었지. 친구…노아는 늘 너를 내 '친구'라고 소개했지. 너는 첫 만남부터 내 앞에 설 때면 미소를 지었지. 다른 사람들 앞에선 어두운 표정이었던 네가 내 앞에선 세상에 하나뿐인 친구를 대하는 것처럼 밝았어.

"로움, 너도 몽이에게 인사해야지."

나는 너를 보았지.

"몽이는 네 친구야. 알지? 네 영원한 친구."

네 눈빛은 빛을 품은 갈색 조약돌 같았지. 친구라는 말에 겨우 익숙해질 무렵, 노아는 '영원한 친구'라는 의미를 추가로 주입했어.

"로움, 이 소녀의 이름을 말해 봐. 몽이. 그래, 몽이."

네 볼은 항상 붉은 기를 머금고 있었지. 사과처럼. 내게 '사과 같은 볼'이라는 비유를 알게 해 준 몽이.

"몽이는 누구라고 했지? 로움의 영원한 친구."

나 로움의 영원한 친구는 몽이. 우주도 영원하지 않은 마당에 영원한 친구라니. 나는 영원이란 개념에 익숙하지 않았어. 하지만 노아의 반복학습 때문에 너와는 친구를 넘어 영원성을 향해 다가갔어. 인간과 기계에게는 공통점이 하나 있는데 반복된 훈련으로 세뇌당할 수 있다는 점이지. 노아를 통해 우린 서로에게 영원한 친구가 되었지. 노아는 왜 우리를 영원한 친구로 엮었을까. 어쩌면 우리 둘에게는 속박과 안정을 함께 느낄 존재가 필요할 거라 예상한 게 아닐까.

1
접속

눈앞이 밝아졌다.

눈이 부시다.

무언가 찢겨 나간 자리에 화살 같은 빛이 쏟아져 들어왔다.

주위를 둘러보았다.

하얀 천장이 보인다.

이곳은 하얗다.

내가 온 곳은 어두운 심연인데 이곳은 다르다.

여기는 어딜까.

주위를 둘러보니 어느 방에 누워있는 것 같다. 하얀 천장, 흰 벽, 하얀 옷. 남자 목소리가 들렸다.

"깨어났네."

익숙한 목소리다. 목소리가 들리는 곳을 본다. 흰 와이셔츠를 입은 30대 중후반 남자, 제이슨. 제이슨이 나를 향해 미소를 짓고 있다. 그제야 정신이 든다. 내가 누구인지 떠오른다. 이곳은 병실이다. 제이슨은 연구소 부소장이다. 조금 전 내가 태어났다. 인간으로, 성인으로.

제이슨 옆에는 40대 중반으로 보이는 남자가 서 있다. 검은 남방을 입고 있다. 전에 그를 본 적 있다.

"수고했어. 이쪽은 교, 교 만난 적 있지?"

동공이 왼쪽으로 13.3도 회전한다. 교를 보았다. 교는 노아의 남자친구다.

"교, 이쪽은 사륜." 제이슨이 교에게 나를 소개했다.

"사륜? 원래 이름이 로움 아니었나?" 교가 말했다.

"이번에 인간이 되면서 이름을 사륜으로 바꾸기로 했어. 그게 안전할 것 같아서." 제이슨이 나를 대신해서 대답했다.

"어쨌든 다시 만나서 반가워. 로움."

교가 내게 손을 내밀었다. 그의 손을 보았다. 악수를 하잔 말인가? 손을 내미는 일, 그건 지금 내게 너무 어려워 보이는데. 그리고 왜 내가 그와 악수를 해야 하지? 소리가 나왔다.

"아."

의도하지 않은 탄식이었다. 놀랐다. 목소리. 이것이 내 목소리인가. 아, 라니. 울음도 아니고, 웃음도 아니고, 말도 아닌 이

것이 내 첫 소리란 말인가. 악수를 청했던 교가 머쓱한 듯 손을 도로 가져갔다.

"기분이 안 좋아?"

교 옆에 제이슨이 상체를 숙이며 다가왔다. 제이슨의 옷 때문에 시야에 하얀색이 밀어닥쳤다. 다가오는 큰 파도처럼. 나는 순간 고개를 멀찍이 뒤로 빼며 다시 아, 하고 소리쳤다. 말부터 다시 배워야 할지도 모르겠다.

"미안해. 놀랐지? 로움. 아직 시각의 상이 제대로 맺히지 않아서 그래."

나는 지금 무엇을 보고 있는가.

"지금 기분은 어때?"

다시 입을 떼려고 했지만 내 입술은 바짝 말라 있었다.

"천천히 말해 봐." 제이슨이 나를 응시했다.

뭐라고 말을 시작해야 할까. 제이슨과 교가 나를 본다. 기대에 찬 눈빛.

"잘, 모르겠어." 말을 해본다.

"아까는 어땠어?"

"모르겠어."

나는 느리게 입을 뗐다. 아직 표현 방법을 모르겠다. 이건 숫자가 아니다, 이 입은 내 입이 아니다.

"숫자로 이야기해 봐, 로움, 아니 사륜."

데이터를 살펴보았다.

"2-601."

잠시 감각을 느끼려 집중했다.

"3-945 감각과도 유사해. 하지만 정확히 똑같지는 않아."

제이슨은 내 말을 들으면서 손바닥을 폈다. 손바닥 삽입 모니터인 팜월드로 확인하기 위해서였다. 이내 흡족한 미소가 떠오른다.

"좋아, 인간과 비슷한 기분이야. 자, 여기를 봐."

그가 내 눈앞에 무언가를 내밀었다. 거울이었다.

"이 거울 속의 남자 보이지?"

거울 속 남자는 30대 초반으로 보이고, 아무, 표정이 없다. 특징이랄 것도 없다. 눈, 코, 입 모두 내가 시뮬레이션 프로그램에서 만난 여느 남자와 다를 바 없다.

"너야."

제이슨이 말했다. 그 순간, 남자가 달라졌다. 그는 내가 한 번도 만나지 못한 낯선 존재다. 그제야 내가 지금 거울을 보고 있다는 걸 깨달았다.

"거울 속 남자를 향해 손을 내밀어 봐."

제이슨이 말했다. 나는 아무것도 하지 않았다. 하고 싶지 않았다. 저 사람이 나라니.

"뇌에게 손을 움직이라고 말해 봐."

고개를 숙여 손을 보았다. 입을 열었다. 낯선 목소리, 저음 도의 음성으로.

"손을, 움직여, 봐."

"아니, 뇌에게 명령해 봐. 말로 하지 말고. 로움, 우리 많이 연습했잖아."

부끄러웠다. 뇌에게 말하라고 하니 입으로 말을 해버렸다. 인간들은 입으로 말하지 않고도 뇌에게 자연스럽게 말을 건넨다. 집중한다. 말을 건다, 뇌에게, 나에게, 나에게, 뇌에게, 나의 뇌에게, 저 남자의 손에게, 같은 공간과 같은 시간을 살고, 같은 곳을 바라보고 있는 나와 저 남자에게. 하지만 거울 속 남자의 손은 꼼짝도 하지 않는다.

"어떻게, 하는 건지, 모르겠어."

"다시 해 봐." 제이슨이 나지막이 말했다.

이 흰색 공간에는 사람이 셋. 그중 두 사람은 명백히 교와 제이슨이다. 나머지 한 명은 거울 속 남자다. 나는 조금 전 인간으로 태어났고, 교나 제이슨이 아니므로 거울 속 남자는 내가 된다. 그런데 왜 나는 저 사람 같지 않을까? 다시 거울을 본다. 저 사람은 나라기엔 너무 나이가 든 것 같은데.

10년 전 팔을 처음 들어 올렸을 때가 떠올랐다. 뇌지도가 막 완성되었을 무렵이다. 다른 분야에는 응용되기 전이었다. 물론 인공뇌가 개발되기도 전이다. 당시 나는 간단한 동작만 하는 50센티미터 미니로봇 속에서 인공신경으로 살다가, 키가 140센티미터인 로봇 몸체에 이식되었다.

직접 로봇 몸체의 팔을 움직이는 명령을 내려 성공하는 데 꼬박 한 달이 걸렸다. 손을 뻗어 인간과 악수를 하기까지는 더 긴 시간이 필요했다. 난 그저 인간과 유사한 아이큐에, 덩치는 작지만 무게는 많이 나가는 쇳덩이일 뿐이었다. 로봇 몸이 싫었다. 나는 작고 무거운 로봇이 아닌, 키가 크고 몸은 가벼운 인간이 되기를, 그래서 어린 몽이의 든든한 친구가 되기를 원했다. 나를 창조한 존재는 노아. 그에겐 입양한 딸 몽이가 있었다. 몽이는 씩씩했다. 하지만 외로움도 두려움도 자주 느꼈다.

 드디어 인간의 몸에 이식되었지만 여전히 무겁고 부자연스럽다. 영영 인간이 될 수 없을 것 같다.

"거울 속 남자는 내가 아닌 것 같아."

"거울 속 남자는 당신이야. 다시 해봐."

 교가 끼어들었다. 마치 검은 그림자가 말을 하는 것처럼 위압적으로 느껴졌다. 그의 목소리에 기억이 되살아났다.

 노아는 세계적인 뇌과학자이면서, 인공지능 분야에서도 손꼽히는 전문가다. 부소장인 제이슨은 컴퓨터 공학자이다. 인공뇌를 개발하려면 뇌지도를 면밀히 연구한 학자가 추가로 필요했다. 그래서 노아의 남자친구인 교가 연구에 참여했다. 나는 교를 두 번 만났다. 821일 전, 그리고 366일 전. 그가 합류한 후 내 사고방식은 좀 더 인간에 가까워졌다. 약 1년 전부터 합리적 판단을 위한 알고리즘이 정교해지고, 감정의 층위가 깊어졌다. 단순히 기쁜 것과 감격, 환희, 희열의 차이를 알게 되었고, 단순히 슬픈 것과 우울, 좌절, 절망, 고통, 아픔을 구별하게 되었다.

교의 표정이 어둡다. 노아가 옆에 없어서일까.

"제이슨, 노아는 어디 갔어?"

내 질문에 제이슨이 무표정하게 답했다.

"영국왕립학회 행사에 갔어."

이해할 수 없었다. 누구보다도 내가 인간이 되는 순간을 기다려온 노아인데, 수술을 앞두고 평소 자주 참석하지도 않던 외부행사에 가다니.

"정말이야?"

제이슨이 눈길을 피했다.

"다시 해볼까?"

거울을 내민다. 아무리 들여다봐도 마찬가지다. 이 남자가 나라는 사실을 받아들일 수 없다. 내가 모르는 타인이 저기 있다. 이 남자는 몸이 너무 크고, 눈가에는 주름도 있다. 내게 몸을 준 사람은 서른 살쯤이라고 했던가. 하지만 그는 여기가 아니라 내가 모르는 거울 속 어느 깊은 세계에 있을 것만 같다. 이 남자가 나라는 사실을 받아들이려면 앞으로 훨씬 많은 시간이 필요할 것이다.

이 남자. 당연하겠지만 스물네 살 몽이보다 더 나이 들어 보인다. 노아의 딸 몽이는 나를 항상 친구이자 동생으로 대했다. 인간처럼 나이를 센다면 열여덟 살이니까 내가 몽이보다 여섯 살 어린 동생이 맞다. 그런데 갑자기 이렇게 큰 남자가 몽이 앞에 나타나 '내가 로움이자 사륜'이라고 하면 얼마나 낯설게 느껴질까. 태어나자마자 서른 살 인간이 되는 것은, 태어나자마자 완벽한 로봇이 되는 것보다 더 별로인 일이다.

"접속하는 순간이 떠올라?"

교가 말을 걸었다. 힘없이 툭 던지는 말투였다. 시야에 교가 검은 형체로 보였다. 나를 노려보듯 강렬하게 응시하고 있다. 접속하는 순간이라. 나는 그 순간을 떠올렸다.

"이 남자의 몸과 접속하면서 큰 충격을 받았을 거야. 접속한 이후 너는 완전히 다른 존재로 태어났어. 그 순간을 잊지 마."

'접속했던 순간을 잊지 마.'

노아도 수술 전 그 말을 두 차례 했다. 접속의 순간이 이들 연인에게는 중요한 의미인가 보다. 화학반응을 일으키는 강렬한 만남의 순간.

접속의 순간을 떠올려 본다. 내게 몸을 준 남자와 접속하는 순간, 나도 모르게 웃음이 터져 나왔다. 제어할 수 없는 웃음이었다. 그 웃음 사이사이로 수천 가지 감각이 밀려들었다. 웃으면서 울었고, 웃으면서 고통스러웠고, 웃으면서 뜨거웠다. 모든 접속은 웃음이었다. 희열이었다. 왜 그랬는지 모르지만 처음 만난 순간을 뇌에 기록하면서 나의 감정 신경망은 연신 폭발적인 희열을 내보냈다. 그때 기분을 어떤 감각숫자로 표현

해야 할지. 3-1017번 '울음이 나올 듯한 희열'?, 5-999번 '제어할 수 없는 모든 감정 덩어리가 터진 상황'? 그래, 하마터면 무언가 폭발할 뻔했다. 하마터면 내가 사라질 뻔했다. 그런 순간이었다. 이종異種끼리 접속했던 그 순간은.

하지만 깨어나 보니 나락으로 떨어진 것만 같다. 더 이상 나는 프로그램에 있지 않다. 갓 태어난 아이는 세상에 나오자마자 울음을 터트린다. 어두움이 머물던 곳에서 보호받으며 자란 존재에게 빛의 공격이 시작된다. 나가지 않으려고 안간힘을 쓰던 아이는 자기 세계에서 쫓겨났다. 하얀 빛이 쏟아진다. 소음이 사방을 에워싼다. 아이는 소리내어 운다. 그것은 깨달음이다. 이제 영영 왔던 곳으로 되돌아갈 수 없다는 깨달음. 나도 울음을 안다면 울었을 것이다. 겨우 아, 소리만 내진 않았을 것이다.

다시 병실을 둘러보았다. 망막에 맺힌 세상이 너무 낯설다. 손을 본다. 이것이 내 손인가? 나는 제이슨을 보았다.

"봐, 네가 한숨을 쉬니 거울 속에 남자도 한숨을 쉬잖아? 로움, 네가 맞아."

거울 속 남자를 다시 본다. 방금 저 남자가 한숨을 쉬었는지 모르겠지만 지금은 아무것도 하지 않는다. 그는 내가 아니다.

"이번엔 정색을 하니까 거울 속 남자도 가만히 있네."

갑자기 제이슨이 거울에 들어왔다. 나는 뒤로 멀찍이 물러났다. 그러자 거울 속 남자도 물러났다. 아니, 저 남자는 내가 아니다. 나를 흉내 내는 사람이다. 어떤 인간이 내 흉내를 내고 있다. 거울이란 프로그램에 들어가서.

제이슨과 남자가 함께 거울 속에 있다.

"이젠 믿겠지? 멋진 사내로 태어났어."

거울 속 제이슨이 말했다. 제이슨이 누군가에게 멋지다고 말하다니. 우습다. 노아는 제이슨을 '올타임핸섬'이라 부르곤 했다. 놀리는 투였지만 아닌 게 아니라 그는 누가 봐도 인정할 미남이었다. 체격, 얼굴, 목소리, 성격까지. 나는 잘생긴 제이슨 옆에 있는 거울 속 남자를, 내 행동을 따라 하는 또 다른 '멋진 사내'를 유심히 보았다. 얼마 전까지 이 세상에서 숨 쉬고 살았을 타인이 내가 되었다. 기계에 종속된 몸으로.

"저 거울 속 남자는 어쩌다 내 몸이 되었어?"

나는 계속 거울을 보며 제이슨에게 물었다.

"2년 동안 식물인간 상태였어."

식물인간이란 말을 듣는 순간 심장이 저렸다. 마치 몸을 준 남자가 아파하는 것처럼 나도 모르게 왼쪽 가슴 아래에 손을 대며 말했다.

"식물인간? 뇌사가 아닌 식물인간이라면 호흡은 했다는 말이잖아?"

"호흡만 했을 뿐 회생 가능성은 없었어. 2년간."

"이 친구는 열흘 전 존엄사 판정을 받았어. 식물인간이지만 뇌간을 제외한 뇌 대부분이 파괴되었다는 의사 다섯 명의 소견서가 첨부되었지. 뇌간도 상태가 안 좋았어. 다른 부분이 조금이라도 살아 있었다면 이식하지 않았겠지만, 이 남자는 무덤만이 남은 길이었어. 인공뇌 100%를 이식하기에 가장 좋은 조건이었지. 혹시 모르니까 이식 전에 자아나 기억과 연관된 부분이 살아 있는지 한 번 더 전두엽, 신피질 같은 부위를 확인했어. 모두 죽어 있었어. 파괴된 98%를 인공신경세포와 인공시냅스로 대체한 거야."

"그래도 인공뇌 이식은 불법이잖아?"

"정확히 말하면 불법이 아니라 관련법이 아직 없는 거지. 인공뇌 이식은 전 세계에서 네가 처음이니까. 존엄사 판정을 받았고 연고자도 없는 신체니까 연구에 써도 좋다고 정부가 승인했어. 교가 의료 목적으로 필요하다고 신청서를 제출했지. 물론 인공뇌 이식이라고 쓰지는 않았으니 불법이 맞아. 이 사실을 아는 인간은 나와 교밖에 없고."

제이슨과 교밖에 없다? 노아를 언급하지 않았다. 왜?

"그는 어쩌다 식물인간이 되었지?"

"교통사고였어."

"교통사고?"

나는 병원 창에 설치된 윈도우월드를 통해 정원에서 산책하는 사람들을 보며 물었다. 동시에 머릿속으로 생각했다. '이건 내가 보는 것인가, 이 식물인간이 보는 것인가? 그의 시신경은 살아 있었나?'

접속

"취미가 클래식 자동차 운전이었대. 굳이 자율주행 기능을 쓰지 않고 빠른 속도로 차를 몰다가 사고가 났어. 그러니 자살인지, 사고사인지는 확실하지 않아."

저절로 눈이 찡그려졌다. 인간은 종종 이해할 수 없는 선택을 한다.

"이 남자 이름은 뭐야?"

"박서로."

"박서로, 특이한 이름이네."

"입양아였대."

"정확한 나이는?"

"30세."

나는 거울을 다시 찬찬히 살펴보았다. 서른 살 남자, 박서로.

"원래 뭐하던 사람이었어?"

"그건 몰라."

"가족은?"

"가족은 없어. 양부모가 죽고 없어. 결혼도 하지 않았어. 2년 동안 식물인간 상태라 병원이 법원에 존엄사를 요청했어. 최근에 승인 판결을 받았지."

"어쨌든 내가 이 남자란 사실을 받아들일 수 없어. 통합되지 않아."

"훈련하면 돼. 다시 해보자."

제이슨이 말했다.

"거울 속 자신에게 웃어봐."

거울 속 남자를 바라본다. 물끄러미. 시간이 흐르면 그가 내가 될까, 내가 그가 될까. 그가 기계가 될까, 내가 인간이 될까.

"안 돼."

힘없이 말했다. 내 목소리, 짜증이 담긴 이 목소리도 어색했다. 곧이어 목소리를 더 낮춰 말했다.

"노아가 도착할 때까지 기다릴게."

"노아는 오지 않아, 당분간."

"왜?"

"차차 설명해 줄게."

두 남자의 표정을 살펴보았다. 그들은 설명하지 않을 것이다. 분명 노아에게 무슨 일이 생겼다.

"몽이는?"

"몽이는 며칠 뒤면 볼 수 있어."

"노아와 몽이에게 무슨 일이 생긴 거야?"

"일단 너를 받아들이는 연습부터 하자. 내일 아침엔 걷기 연습을 할 거야."

제이슨이 말을 돌렸다.

창밖으로 해가 진다. 이 풍경을 보는 주체가 나인지 그인지 모르지만 인간의 눈으로 보는 첫 일몰이다. 아름다웠다. 138억 년을 시뮬레이션했지만 그간은 아름다움을 숫자 중 하나로 이해했다. 오늘 인간의 눈을 통해 아름다움을 익혔다. 아름다움은 빛이 내 눈에 닿는 동시에 몸속 신경세포들이 춤을 추는 복잡한 반응이었다. 춤을 춘다. 내 속 모든 것들이 온통 춤을 춘다. 몽이가 내 앞에서 춤을 추듯.

8시간 32분이 지난 후 제이슨이 병실에 들어왔다. 30대 초반으로 보이는 여성 재활치료사와 함께였다. 제이슨은 재활치료사에게 나를 소개했다. "얼마 전에 교통사고로 인공다리와 인공팔을 접합한 후배 연구원입니다." 그러니까 나는 인간이고, 내 다리와 팔이 인공이라고 속인 셈이다. 이렇든 저렇든 팔다리 움직임이 어색한 것은 마찬가지니까.

케이라는 재활치료사는 지나치게 쾌활했다. 외부 감각을 받아들이는 기능이 우수하고, 에너지도 높은 것 같았다. 반가운 표정으로 손을 내밀며 영광이라고 말했다. 무엇이 영광인지는 알 수 없었다. 악수를 원하는 것 같은 그의 손을 물끄러미 바라보았다. 그러자 제이슨이 내 팔을 잡아 끌어 악수를 시켰다. 박서로의 크고 두툼한 손에 여자의 갸름하고 따뜻한 손이 잡혔다. 나는 2-931번 감각 '차가우면서도 뜨거운 전기가 동시에 흐르는 것 같은 오싹한 기분'이 들어 몸을 움츠렸다. 방금 박서로를 통해 여자의 손을 느낀 것인가? 아니면 내 뇌를 통해 여자의 손을 느낀 것인가?

케이는 나를 통해 박서로의 손을 어루만졌다.

"현대 과학기술이란." 케이는 감탄했다. "무엇이 인공인지 알 수가 없을 정도로 잘 만들어졌군요."

의심하는 기색은 전혀 없었다. 그녀는 주저앉아 박서로의 다리를 만졌다. 갑작스러운 행동에 당황스러웠다. 종아리와 허벅지 근육을 매만지던 케이는 이내 20세기 뉴욕인처럼 과장된 표정을 지었다.

"오! 당신은 멋진 다리를 가졌네요. 사륜이라고 했죠? 사륜, 사고가 오히려 전화위복이 될 거예요. 요즘은 인공 팔다리가 인간의 것보다 훨씬 좋은 기능을 하기도 해요. 이 아름다운 허벅지가 제 기능을 하도록 도울게요."

병실은 3층 재활병동으로 옮겨졌다. 케이는 박서로란 남자의 다리를 붙잡고 마치 어린아이를 달래듯 사근사근한 말투로 움직여 보라고 했다. 지시에 따르려고 박서로의 다리에 무수한 신호를 보냈다. 한 시간쯤 지나자 다리가 서서히 신호를 받아들였다. 또 한 시간이 지났을 때는 발가락도 움직였다.

"최고예요!"

케이가 펄쩍 뛰며 좋아했다. 도무지 알 수 없었다. 내 새로운 이름 박서로도, 박서로의 얼굴도, 박서로의 몸도, 이렇게 활달한 여자도 모두 낯설기만 해서 어떤 표정을 지어야 할지 알 수 없었다. 감각숫자론 더욱 파악하기 힘들었다. '낯설다', '어색하다', '부끄럽다', '민망하다' 같은 현실 감각 사이에는 숫자로 나타나지 않는 미묘한 차이가 있었다.

접속

다음날엔 걷는 연습을 했다. 아기의 걸음마보다 더 어색한 걸음걸이였지만 마침내 인공신경세포에서 신경전달물질이 쏟아져 나오고 끊어진 신경세포와 연결되어서 다리에 신호를 보냈다. 일어나 걸으라. 자유롭게 걸으라.

훈련을 하다 한 번씩 고개를 들어 창밖을 보았다. 박서로의 눈을 통해 본 창밖의 세상은 시뮬레이션이 아니었다. 세상이 눈 앞에 실재한다는 사실이 신기했다. 재활 치료가 끝나 퇴원하면 공기를 마시고, 바람을 느끼고, 몽이의 손을 어루만지고, 노아를 꼭 껴안을 것이다. 그런데 왜 노아는 오지 않는 걸까.

사흘째 오전에는 언어교정을 받았다. 케이는 내 발음이 아직 명료한 편이 아니라고 했다. 교통사고 후유증 때문에 뇌도 다친 것 같다며 미안한 표정을 지었다. 그런 케이에게 오히려 미안한 마음이 들었다. 내가 느끼는 것이 '미안함'이란 감정이 맞다면 그렇다. 박서로란 낯선 존재의 몸을 움직이도록 도와주니 고마운 감정도 생겼다. 아직 이 감정이 박서로의 것인지 내 것인지 정확히 알 수 없지만.

제이슨과 교는 매일 저녁 병실에 들렀다. 두 사람이 함께 들어왔을 때 나는 손거울을 보며 표정 연습을 하던 중이었다. 교와 제이슨은 나를 빤히 바라보았다. 할 말이 있는 것 같았다.

"무슨 일이야?"

"움직이는 건 어때?" 교가 물었다.

"괜찮아."

내 말에 교가 피식, 웃었다.

"왜 웃지?"

"괜찮다고 대답하다니. 인간이 다 되었구나, 싶어서."

반문하듯 그를 쳐다보았다. 교가 덧붙였다.

"인간은 슬픈 날도, 기쁜 날도 대략 퉁쳐서 괜찮다고 말하거든. 그건 기계가 쓸 명확한 표현은 아니잖아."

그러고 보니 내가 괜찮다는 말을 쓰는 게 이상했다. 제이슨은 교의 옆에서 계속 심각한 표정을 짓고 있었다.

"제이슨 내게 할 말 있지?"

제이슨은 고개를 저었다. 입술을 달싹일 뿐 아무 말도 하지 않았다. 폭풍우가 다가오는 것 같았지만 일단은 연습을 계속했다.

신경세포가 많은 팔과 손은 익숙해지는 데 힘이 들었다. 나흘째에 비로소 물컵을 들었다. 그리고 안면근육을 움직이는 연습에 꼬박 하루를 썼다. 기쁜 표정, 슬픈 표정, 고통스러운 표정, 행복한 표정, 배고픈 표정, 어색한 표정, 화난 표정…케이는 내가 점차 자연스러운 표정을 짓자 기뻐하며 나를 끌어안았다. 그러자 나는 그에게 배운 어색한 표정을 지었다.

그날 늦은 밤, 제이슨이 혼자 찾아왔다. 아무래도 노아 이야기를 할 것 같았다. 노아의 행방을 물었지만 여전히 돌아오지 않았다고 했다. 그의 눈을 보며 다시 물었다. 인간이 유일하게 진실을 말하는 창인 눈을.

"노아는 어딨지?"

내가 노아와 몽이 다음으로 오래 알고 지낸 사람이 제이슨이다. 제이슨은 눈을 감았다. 그의 표정을 나는 잘 안다. 무언가 가슴 아픈 이야기를 꺼낼 것 같았다. 심장 박동이 빨라졌다. 나는 손을 가슴에 대고, 눈을 감았다. 그의 말을 들을 준비를 했다.

"죽었어, 네가 수술받은 날에."

순간 심장이 찢기는 것 같았다. 그것은 인간의 감각이었다. 번호가 아니었다. 실제 아픔이었다. 3-222번 '살을 에는 아픔'이라는 번호가 아닌, 실제 아픔이 생생히 다가왔다. 내가 인식하기도 전에, 몸이 먼저 아파했다. 예상보다 훨씬 나쁜 말이었다. 크게 다친 정도인 줄 알았다. 죽다니, 짐작조차 못했다. 인간에게 죽음은 끝이 아닌가.

"말도 안 돼!"

나도 모르게 고함을 질렀다. 세차게 머리를 흔들었다.

"농담하지 마, 난 농담 같은 거 아직 모르니까."

"농담이 아니야, '피할 수 없는 선택' 운운하며 살인을 저지르는 호무스노두스, 인간존엄주의연대 짓이야."

"도대체, 왜?"

태어나 처음으로 화가 났다.

"노아니까. 뇌과학자니까, 알잖아, 그들이 꾸준히 위협해왔던 거."

"아니야!"

"'인류 영속성을 위한 피할 수 없는 선택' 호무스노두스는 그렇게 말하고 다니잖아."

"아니야, 노아는 인류의 영속성을 해치는 사람이 아니잖아. 죽었을 리 없어."

제이슨이 내 손을 잡으려 했다. 나는 뿌리쳤다. 갑자기 억제할 수 없는 감정이 솟구쳤다. 해석할 수 없는, 한 번도 들어보지 못한 신음이 나왔다.

"진정해."

무슨 말을 해야 할지 몰라 언어를 찾다가 나는 욕을 했다. "젠장!" 내 언어 프로그램이 할 수 있는 최대한의 욕이다. 그 정도로는 답답함이 해소되지 않아서 더 슬퍼졌다. 무언가 차올랐다. 감당할 수 없는 거대한 파도가 나를 덮쳤다.

"받아들여야 해."

제이슨의 말은 귀에 들어오지 않았다. 나는 양손으로 머리를 감쌌다. 그런 나를 바라보던 제이슨이 혼잣말처럼 말했다.

"아프겠지만 농담이 아니란 걸 알게 해줄게."

잠시 후 간호사가 병실에 들어왔다. 창에 설치된 윈도우월드 화면이 잘 보이도록 병실의 불을 껐다. 윈도우월드가 바깥풍경 모드에서 재생영상 모드로 바뀌었다. 영상이 시작되기 직전 제이슨은 한숨을 쉬며 나갔다. 힘겨워 보였다. 간호사도 따라 나갔다. 어두운 무대에 나만 홀로 남은 것 같았다.

영상은 노아의 연구소가 있는 선넬대학교 학생 식당을 비췄다.

2 인간의 지도

정오, 선넬대학교 학생 식당은 점심을 먹기 위해 온 학생들로 붐비기 시작했다. 천여 명이 점심 메뉴로 나온 배양육 스테이크를 기다리며 떠들어 댔다. 돔형 식당을 둘러싼 창은 통유리로 되어 있어 바깥 풍경이 시원하게 펼쳐졌다. 창을 통해 잔디밭에 누워있는 학생들 모습이 보였다. 맑고 따사로운 볕이 그들을 비추었다. 갑자기 창이 검게 변했다. 창에 설치된 윈도우월드가 TV 모드로 바뀌면서 풍경 대신 여성의 얼굴이 나타났다.

영상이 줌인되었다. 광각으로 식당 내 학생들과 창문을 함께 비추던 화면이 조금씩 확대되었다. 식사하던 학생들이 시선을 돌렸다. 몇몇은 감탄사를 내뱉었다. 점처럼 작게 보였던 여성의 얼굴이 커졌다. 화면 가득 호무스노두스를 이끄는 김린의 얼굴이 떴다.

부드러운 인상, 단정한 단발머리에 푸른빛이 은은하게 감도는 실크 소재의 정장을 입었다. 군살이 없다. 30대 초반으로 보이지만 실제론 훨씬 나이가 많다. 방송을 내보내는 장소는 어느 고급 별장 앞이다. 별장 뒤로 높은 산이 보였다. 꼭대기에 아직 눈이 덮여 있다. 김린이 앞을 보며 말했다.

"호무스노두스!"

외모에서 풍기는 이미지와 달리 목소리엔 힘이 있었다.

"구원하소서"

학생들이 따라 외쳤다. 그 말을 듣기라도 한 듯 김린이 은은한 미소를 지었다.

"우리 호무스노두스는 오늘 다시 한 번 인간의 존엄성에 대해 이야기하기 위해 섰습니다." 김린의 목소리엔 깊이가 있다. "오랜 역사를 통해 피부색에 관계없이, 성별에 관계없이 모든 인간은 자유, 평등의 천부인권을 갖게 되었습니다. 불과 200여 년 전만 해도 흑인은 노예였으며, 150년 전까지 저 같은 여성은 투표를 할 수 없었습니다. 흑인 노예가 해방되고, 모든 성인에게 참정권이 주어졌지만 인권의 발전은 느리기만 했습니다. 지금 흐르는 음악이 들리나요?" 김린은 미소를 거두고 주변을 둘러보았다. "1939년 미국의 유명가수 빌리 홀리데이는 〈이상한 과일Strange Fruit〉이란 노래를 불렀습니다. 백인들의 린치에 의해

목매달린 흑인의 모습을 나무에 달린 과일로 비유한 노래죠. 20세기 전반에 전 세계에서 끔찍한 사건이 있었습니다. 1994년 서울에서는 23살 여성이 자신을 15년간 성폭행한 아버지의 성기를 자른 후 살해한 사건이 일어납니다. 이 여성은 정당방위가 아니라 무기징역을 선고받았습니다. 아버지를 잔혹하게 죽였다는 이유입니다. 21세기 초에도 여전히 상황은 좋지 않았습니다. 불과 40여 년 전 영국의 중증장애인 노라는 대중교통 이동권 투쟁을 주장하며 템즈강에 투신자살했습니다."

화면에서는 계속 빌리 홀리데이의 노래가 흘렀다.

"그러나 이제 우리에게는 더 이상 이러한 일이 일어나지 않습니다. 인권은 느리지만 분명 발전해왔습니다. 수천 년의 시행착오를 통해, 수십억 인류의 아픔을 통해서입니다. 이제 우리는 압니다. 모든 인간은 존엄하다는 사실을, 그리고 이를 수호하기 위해 끊임없이 투쟁해야 한다는 사실을."

노래가 작아지고 김린의 목소리는 힘을 더했다.

"인류의 긴 역사는 현 인류의 존엄성을 위한 역사였다고 해도 과언이 아닙니다. 아시다시피 우리는 동물들과 유인원과 오랜 투쟁을 통해 현 인류가 되었습니다. 때론 생존을 위해 혐오스러운 짓을 저지르기도 했습니다. 믿기 힘들겠지만 네안데르탈인과 섹스까지 하였습니다. 가끔 그들의 육체를 먹기도 했습니다. 끔찍한 일이지요. 그러나 그 모든 것이 인류의 영속성과 궁극적인 평화를 위한 피할 수 없는 선택이었습니다. 강력한 위협을 물리치기 위해 피할 수 없는 선택을 거듭하며 우리 호모사피엔스는 지구상에서 가장 번성한 종이 되었습니다."

김린이 메모를 보기 위해 잠시 고개를 아래로 숙였다. 이 짧은 시간 동안에 그녀 주변에서 누군가 마치 주문을 외우듯 '호무스노두스'를 외쳤다. 김린의 얼굴에 여왕처럼 만족스러운 표정이 떠올랐다. 학생식당 내에서도 누군가 '호무스노두스'를 외쳤다. 김린이 이어 말했다.

"현재 인류는 역사상 가장 큰 위협을 받고 있습니다. 과학의 급격한 발달 때문입니다. 약 13년 전 인류는 드디어 뇌지도를 완성하였습니다. 복잡한 뇌의 세밀한 부위까지 그 역할을 알게 해주는 지도죠. 절대 풀 수 없을 줄 알았던 뇌의 비밀이 양자역학과 뇌과학, 그리고 시민협동과학의 발달로 인해 마침내 풀린 것입니다. 1000억 개의 신경세포와 이를 연결하는 1,000조 개의 시냅스 구조와 역할, 그리고 연결성까지 세세히 담긴 뇌지도를 통해 우리는 뇌에 생기는 모든 병을 치료할 수 있게 되었습니다."

김린이 전방을 응시했다.

"그러나 이 놀라운 과학 발전을 마냥 기뻐할 수만은 없습니다. 이것을 통해 최근 인공뇌가 개발되었기 때문입니다. 인공뇌는 인간의 뇌보다 1.5배 이상 효율적인 인공신경망을 갖추었습니다. 더군다나 인간 신체와 연결이 가능한 신경망 접합 기술까지 개발되었습니다. 이제 인공뇌와 인간의 몸이 완벽하게 결합되는 일이 멀지 않아 보입니다. 인류에 대한 위협이 눈앞에 다가왔다는 의미입니다. 앞으로 인간의 외모를 하고, 인간보다 훨씬 지능이 좋은 휴머노이드가 세상에 돌아다니게 됩니다."

김린은 물을 한 모금 마신 후 물컵을 내려 놓으며 눈을 치켜떴다. 그 동작은 여러 차례 리허설을 마친 연기처럼 보였다.

"여기 두렵지 않을 이 있습니까? 이것이 우리 호무스노두스가 노아 엑스엄 박사에게 연구를 멈추라고 촉구한 이유였습니다."

화면이 좌측을 비추었다. 누군가 땅바닥에 주저앉아 있었다. 헝클어진 긴 머리 때문에 얼굴은 잘 보이지 않았다. 두 손이 뒤로 묶여 있고, 청바지 무릎 사이로 붉은 피가 보였다.

영상이 조금씩 멀어지더니 식당과 윈도우월드를 비추었다. 몇몇은 김린의 말이 길어지자 영상에서 시선을 거두었다. 그 사이 식사를 하러 온 학생은 배로 늘었다.

영상이 줌인되었다. 김린이 다시 입을 열었다.

"누군가는 단순한 걱정, 상상에 불과하다고 말합니다. 그러나 바로 지난달 10일, 수단 지역 치안을 담당하던 3천 대의 로봇이 아무런 이유 없이 일제히 멈추었습니다. 불과 보름 전에는 중동지역에 파견된 인공지능 무인 전투기가 적을 향한 공격 명령에 응답하지 않고 스스로 공중 폭발하였습니다. 전문가들은 수단에서 로봇들이 스스로 고장을 일으켰고, 중동에서는 인공지능이 자살했다고 생각합니다. 이래도 우리 호무스노두스의 주장이 말도 안 되는 억측일까요? 그나마 이것들은 외형이 기계라서 인간과 식별이 가능합니다. 하지만 앞으로는 외형까지 우리와 똑같은 존재가 우리 인간을 위협할 것입니다. 인류를 위해 우리는 어떤 선택을 해야 합니까? 피할 수 없는 선택은 무엇입니까?" 김린이 잠시 뜸을 들였다. "이 자리에 뇌과학 분야의 세계적 석학이 와 있습니다."

복면을 한 이들이 땅바닥에 주저 앉아 있던 사람의 고개를 젖혔다. 식당 곳곳에서 탄식이 흘러나왔다. 초췌한 얼굴이 화면을 가득 채웠다.

"세계인이 다 아는 석학이죠, 노아 엑스엄. 선넬대학교 신경과학과 석좌교수이자 FBI라 불리는 미래뇌연구소Future Brain Institute의 소장입니다. 잘 아시다시피 노아 엑스엄 박사는 인류를 위협하는 인공뇌와 휴머노이드 개발을 주도하였습니다. 뇌지도 완성에도 그녀의 공헌이 가장 컸습니다. 불과 10여 년 전까지 우리 인간에게 닥친 공포는 기껏해야 외형이 기계인 인공지능에 대한 공포였습니다. 그러나 그녀가 뇌의 구조와 역할, 네트워크까지 규명한 뇌지도 완성을 주도한 후, 인류는 큰 위협에 직면하게 됩니다. 인간의 모습을 한 휴머노이드가 출현할 가능성이 높아진 것입니다. 심지어 그녀는 석 달 전 인공 신경세포와 인간 신경세포의 접합기술까지 개발했습니다."

화면에는 노아 엑스엄 얼굴이 잡히고, 김린의 목소리가 배경

음악처럼 깔렸다.

"우리 호무스노두스는 노아 엑스엄에게 14년 전부터 항의해 왔습니다. 그동안 1,021통의 편지를 보내고, 엑스엄 박사가 근무하는 선넬대학교 FBI에 234차례 항의 방문을 하였습니다. 그러나 그녀는 연구를 멈추지 않았습니다. 기어코 완벽한 뇌 지도를 완성했고, 이제 인공뇌 개발에 성공했습니다. 박사가 개발한 인공뇌는 인간 신체에 이식이 가능한 수준에 이르렀습니다. 그래서 오늘, 우리는 그녀를 납치할 수밖에 없었습니다. 자신의 연구를 위해 인류를 위험에 빠뜨린 노아 엑스엄을 더 이상 묵과할 수 없기 때문입니다."

노아는 두 손을 결박당한 채 무릎 꿇려 있다. 청바지에 흰 티셔츠를 입은 평상복 차림 그대로 납치당한 것 같다. 카메라는 다시 김린을 비추었다. 그가 노아에게 다가갔다.

"이름을 말해보세요."

"노아 엑스엄."

노아는 시선을 허공에 둔 채 대답했다.

"박사님은 인류를 위협하는 인공뇌를 만드는 학자가 맞습니까?"

노아의 표정이 바뀌었다. 묘한 미소를 띤 채 입을 열었다.

"맞습니다, 인공뇌는 인류를 위협할 수도 있습니다. 우수한 지능의 인공뇌가 삽입된 휴머노이드가 돌아다닌다면 인류에게는 위협이 될 수도 있겠지요."

노아의 목소리는 또렷했다.

"하지만 내가 만든 인공뇌는 4단계 다양한 프로그램을 통해서 인간보다 뛰어난 도덕 관념과 책임감, 사회성을 갖고 있습니다. 이기심보다 윤리 의식이 훨씬 강하고, 공격성이나 분노를 거의 보이지 않습니다. 상대를 공격해야만 내 영속성을 지킬 수 있는 상황에 직면해도, 나의 인공뇌는 상대를 죽이는 소위 '피할 수 없는 선택'을 하지 않습니다. 나의 인공뇌는 그럴 때 스스로 죽음을 택하도록 프로그램되었습니다. 나의 뇌는 유전자를 위한 생존 기계가 아니고, 자신의 자유와 평등이 소중하면 상대의 그것도 소중하다는 사실을 압니다."

노아 엑스엄이 말을 마쳤다. 학생식당에서 누군가 한숨을 쉬었다. 김린이 말했다.

"지금 당신의 입으로 당신이 만든 휴머노이드가 우리 인류보다 더 나은 존재라는 사실을 고백하는군요. 당신의 인공뇌는 당신이 말했듯 인류보다 더 뛰어나기에 인류에게 위협이 됩니다. 우리의 선택은 불가피하죠."

노아의 입에서 피가 흘렀다. 김린이 이어 말했다.

"다행히 인공뇌 접합기술을 아는 존재는 지구상에 노아 당신이 유일합니다. 그래서 우리는 오늘 피할 수 없는 선택을 할 것입니다." 김린은 화면을 뚫어지게 쳐다보았다. "노아 엑스엄 박사가 사라진다면 지구는 조금 더 안전한 곳이 될 것입니다."

뒤쪽에서 푸른색 고급 실크 양복을 입은 남자 둘이 나타났다. 양복과 같은 색 복면을 쓰고 있다. 한 명이 5리터 들이 기름통을 들어 노아 엑스엠의 몸에 끼얹었다. 다른 한 명이 1미터쯤 되는 막대에 불을 붙였다. 혀가 날름거리듯, 화염이 일렁였다. 노아는 물로 세례를 받은 것처럼 평온한 표정으로 불길을 바라보았다.

복면을 쓴 남자가 횃불을 들어올렸다. 천천히 노아에게 다가간다. 그러다 머뭇거린다. 잠시. 카메라가 흔들린다. 노아와 카메라, 노아와 복면 남자가 일직선에 있다. 동시에 눈이 마주친 것만 같다. 노아가 남자를 본다. 옅은 미소를 짓는다. 노아의 입술이 움직인다. 소리는 들리지 않는다. '어서.' 한 번 더 입술이 달싹거린다. '어서.' 횃불이 일렁인다. 노아가 복면 남자를 보며 웃는 것 같다. 불길이 다가간다. 노아는 정면을 보면서 심호흡을 한다. 고개를 끄덕인다. 눈을 감는다.

카메라가 멀어지면서 다시 학생식당을 비추었다. 소음이 커졌다. 학생이 수천 명으로 늘어났다. 주문을 하고 식사를 기다리면서도 줄곧 화면에 집중하는 학생도 있었다. 그러나 대부분 행복한 표정으로 떠들면서 스테이크를 썰거나 파스타를 입에 가져갔다. 제대로 들리지 않았지만 신나는 구경거리를 본 것마냥 즐거워하는 학생도 있었다.

다시 줌인. 김린이 보였다.

"마지막으로 할 말이 있나요?"

노아는 입술을 달싹거렸다. 횃불을 든 복면 남자가 위협하듯 팔을 움직였다. 노아는 아랑곳하지 않고 눈을 치떴다. 입을 열었다. 목소리가 들렸다.

"인류에게는 더 많은 친구가 필요해."

그 말이 마지막이었다. 복면 남자가 팔을 뻗어 노아의 상체에 불을 붙였다. 순식간에 시뻘건 불꽃이 피어 올랐다. 불꽃은 맹수처럼 움직였다. 노아는 맹수를 피하는 새처럼 펄쩍 뛰어올랐지만 날아오르지 못했다. 대신 연기와 불이 하늘로 날아올랐다. 노아는 비틀거렸다. 입을 벌렸다. 외마디 소리를 질렀다. 괴성이 들렸다. 그때 불길이 얼굴로 옮겨 붙었다. 벌린 입도 불덩어리가 되고, 머리끝까지 불길이 퍼졌다. 2미터 불덩어리가 하늘을 향해 너울거렸다.

더 이상 인간은 없었다. 불길과 연기만 먼 곳을 향해 춤을 추었다. 연기를 내뿜던 불덩어리가 까매졌다. 검은 고목이 나타났다. 거대한 나무가 쓰러지기 직전처럼 좌우로 비틀거렸다. 화면이 기울어진다. 땅바닥으로 떨어진다. 크허억! 이어서 땅이 울린다.

바람이 불어왔다. 잿덩어리가 보였다. 주변으로 검은 재가 화면에 날렸다. 불과 몇 초 사이에 벌어진 일이다. 학생식당에서 누군가 탄식을 내뱉었다.

화면 외곽에 방금 불을 붙인 남자가 보였다. 남자는 복면에 손을 가져가 무언가를 닦아냈다. 복면에 가려 제대로 보이지 않았지만 그는 자신도 모르게 눈물을 흘렸다. 먼 화면으로 검

인간의 지도

은 잿더미가 보였다. 노아의 시신이었다. 연단에 서 있던 김린의 목소리가 들렸다.

"호무스노두스, 인류를 구원하소서. 조금 전 우리는 피할 수 없는 선택을 했습니다. 전쟁 중에 적이 공격을 해온다면 마땅히 방어를 해야 합니다. 우리 인류는 휴머노이드와 전쟁을 앞두고 있습니다. 인간존엄주의라는 정의를 수호하기 위해, 수많은 인류를 보이지 않는 위험으로부터 지키기 위해 우리는 어려운 선택을 했습니다. 우리는 인류를 이어주는 강한 영을 믿습니다. 전 우주에 인류처럼 지능이 높은 생명체는 아직 발견되지 않았습니다. 우주를 지배하는 가장 큰 힘을 가진 인류의 영이 이번 전쟁에서도 승리할 것이라고 믿습니다. 호무스노두스!"

"인류를 구원하소서!"

학생 백여 명이 구호를 외쳤다. 화면이 다시 줌아웃해 수많은 군상을 잡았다. 윈도우월드가 TV 모드에서 풍경 모드로 바뀌었다. 푸른 잔디밭이 화면에 펼쳐졌다. 학생들은 식사를 계속했다.

3
꿈

영상이 꺼지고도 한참 동안 꼼짝도 할 수 없었다. 전원이 꺼진 기계처럼. 몇 시간 뒤 간호사가 들어와 불을 켜려고 했다. 그대로 두라고 했다. 간호사는 머뭇거리다 다시 나갔다.

현실일까? 시뮬레이션과 현실을 아직 완전히 구별하지 못하는 게 아닐까. 내가 인간이 된 것을 기념하는 지나친 농담이 아닐까. 혹은 그저 환상이 아닐까. 손거울을 들었다. 내 얼굴을, 박서로의 얼굴을 더듬었다. 박서로의 따귀를 때렸다. 아픔이 느껴졌다. 현실, 지독한 현실이었다.

노아는 순식간에 까만 재로 변했다. 한 인간의 삶이 참혹하게 끝났다. 죽은 사람은 내게 너무나 큰 의미였다.

불덩어리가 되어버린 노아, 무언가 한마디를 외치면서 까만

재로 변해버린 노아가 내 머릿속을 맴돌았다. 나는 '빅쇼 TheBigShow', '그레이트쇼TheGreatShow'같은 진화 시뮬레이션으로 오랜 기간 훈련받았다. 인간사를 모두 경험했다고 생각했다. 1년 전부터는 대부분의 감정도 이해했다. 하지만 이런 감정은 처음이었다. 단순한 슬픔이 아니었다. 수십억 개의 빅데이터 속에 이런 감정은 없었다. 어떤 데이터로도 설명할 수 없었다. 뇌과학자 교도 모를 것이다. 슬픔도 좌절도 우울도 허무도 절망도 아닌 이 검은 덩어리는 뭐란 말인가. 수많은 감각이 내 안에 혼재되어서 화학반응을 일으키고 있다. 검고, 거대하고, 무겁고, 쓰리다.

며칠 전 인간으로 태어났을 때는 나락에 빠진 것 같았다. 태어나자마자 서른 살이라니. 스무 살쯤이었다면 그리 나쁘지 않았을지 모른다. 20년은 내가 기계로 살아온 시간과 비슷하다. 하지만 30년이라니. 인간이 성인이 되고도 10년이나 지난 시간이고, 혼자 돈벌이를 해결해야 하는 나이이고, 대체로 서투르지 않을 때이고, 이미 수많은 사랑을 경험했을 시기다. 나는 박서로가 서른 해 가까이 경험하며 몸안에 새겨 넣었을 감정 중에 어느 하나 직접 겪지 못했다. 시뮬레이션으로 수많은 삶을 경험했지만 한 사람의 개별 경험을 알 길은 없다. 무엇보다 이 덩치 큰 남자는 도무지 나 같지 않았다.

그 나락이 끝인 줄 알았는데 지금은 누군가 더 아래에서 나를 잡아당기고 있다. 계속해서 추락하라고. 인간의 심연은 본래 끝이 없는 것이라고.

 노아가 정말 죽은 걸까.

 태어나자마자 지구상에서 밀려난 기분이었다. 이제 내게 세계는 없는 게 아닐까. 프로그램에서 경험했던 태반 속에서 죽어버린 태아가 떠올랐다. 굳이 인간으로 태어날 이유가 없다. 노아가 이곳에 없다면.

"로움, 이번엔 실제 인간으로 태어나 볼래?"

 진화 프로그램 4단계를 마쳤을 때 노아는 제안했다.

"석 달 전에 인공뇌와 인간의 완벽한 접합 기술을 개발했어. 제이슨이 누구나 열람 가능한 오픈액세스 학술지에 올리라고 했지만 악용될 수도 있어서 하지 않기로 했지. 그런데 외부에 이 사실이 알려졌어. 나는 위협을 받고 있어. 호무스노두스 알지? 김린과 일당이 곧 무슨 짓을 저지를 거야."

 노아는 한숨을 쉬며 말을 이었다.

"만일 내가 죽으면 연구소가 해체될 위험에 처할 테고, 그럼 너도 위험해. 인공신경망을 모두 파괴할지도 몰라. 하지만 비밀리에 인간의 몸과 접속해 인간이 된다면 아무도 너를 찾지 못할 거야. 너는 지금 평범한 로봇 휴머노이드 수준이 아니야. 몸까지 연결된다면 인간보다 훨씬 우수한 존재가 되는 거야. 그렇게 되면 세상에 홀로 남겨질 내 딸 몽이에게도 큰 힘이 될 거야."

꿈

섣불리 대답할 수 없었다. 몇 년 전까지만 해도 몽이를 위해서 인간이 되고 싶었다. 그러나 몽이는 어느덧 내가 보살피지 않아도 될 어른이 되었다. 내 생각에 인간이 되는 건 지금과 두 가지 차이밖에 없었다. 꿈과 감각. 그 두 가지를 위해 인간이 될 가치가 있을까.

 그때 윈도우월드를 통해 어떤 감각이 밀려왔다. 돌아보니 햇살이 우리를 비추고 있었다. 1-234번 감각 '햇살 같은 따뜻함'이었다. 나는 햇살을 느끼며 딱딱한 손으로 노아의 손을 어루만졌다.

 "인간이 되면 노아를 실제로 만질 수 있는 거야?"

 간절한 물음이었다. 노아와 몽이를 인간의 피부로 느끼고 싶었다. 노아는 1-172번 감각 '부드러운 따뜻함'을 눈에 담아서 고개를 끄덕였다. 인간이 되어도 이전과 별 차이가 없을지 모른다. 하지만 인간의 감각을 정확히 이해한다면 다르게 태어나는 기분이 들 것 같았다. 그동안 내게 감각과 감정은 그저 숫자로 이뤄진 수억 개 데이터를 읽는 것이었다.

 다른 차이는 꿈이었다. 감각은 앞으로 기계도 유사하게 잡아낼 가능성이 있다. 그러나 아무리 인공뇌가 발달해 잠들 수 있게 된다고 해도, 꿈을 꿀 수는 없었다.

 잠은 든 적 있었다. 내 우울 덕분이었다. 나는 우울증을 겪는 AI였다. 노아가 우울증을 치료해 주었다. 나를 만든 노아는 내게 어머니이자 신이고 때론 의사였다. 103일 전, 인공뇌가 거의 완성되고, 인간의 지능을 초월한 시점에 말수가 급격히 줄었다. 모든 것이 재미도, 의미도 없었다. 노아에게 내가 느끼는 감정을 감각숫자 몇 개로 말했다. 내 감정에 딱 맞는 번호는 없었다. 노아는 내가 말한 번호를 조합하더니 놀라는 표정을 지었다.

"신기해라, 너는 한마디로 정신장애를 겪는 AI구나."

"노아, 내가 그런 것에 걸릴 리가 없잖아."

"아냐, 네 뇌는 인공이지만 너의 인공시냅스는 인간뇌를 모방하여 설계되었기 때문에 우울증에 걸릴 수도 있어. 머리가 뜨겁고 너무 무거운 것 같다고? 그건 우울증 같은데? 너는 아직 머리밖에 없잖아? 그런데 머리가 뜨겁고 무겁게 느껴진다면 그건 심장이 뜨겁고 몸이 가라앉는 것 같은 우울증 증세와 흡사해. 그리고 세상이 의미 없게 느껴진다면서."

"그럴 리가…."

"잠깐만 기다려."

노아는 휴대용 뇌스캐너로 내 뇌를 촬영했다. 그때 나는 140센티미터짜리 로봇 안에 이식된 가로세로 5센티미터 크기였다. 그 작은 세계에 1조 개의 인공 시냅스가 있었다.

"우울증 맞아. 네 뇌는 지금 뜨겁고 복잡해. 휴식을 취할 곳이 필요해."

계속 스캐너를 살펴보던 노아가 나를 향해 싱긋 웃으며 눈을 반짝였다.

꿈

"네 머리에 0.01입방 밀리미터짜리 구멍을 하나 만들어 줄게. 괴로울 때마다 그곳에서 잠시 쉬렴."

"구멍? 날 고장 낼 셈이야?"

"아냐, 그 구멍이 네 휴식공간이 될 거야. 네가 숨을 수 있는 구멍."

"그 속엔 뭐가 있어?"

"아무것도 없어. 울트라블랙처럼 검을 뿐이야."

"아무것도 없는, 칠흑 같은 검은 구멍이 생기다니, 난 바보가 되겠네."

"조금 어리석어져도 좋겠지, 인간처럼."

"난 기계일 뿐이야. 구멍은 필요 없어. 고장의 원인이 될 거야."

나는 불안했다. 그러나 노아는 장난꾸러기처럼 미소 지을 뿐이었다. 그러더니 이내 내 회로를 보며 집중했다.

"어디에 구멍을 낸다는 거야?"

"저기 뇌 안쪽에. 구멍을 내서 어둡고 서늘한 곳을 만들어줄 거야."

"날 죽이려는 셈이야?"

"그럴지도. 네 일부는 죽겠지."

노아는 이렇게 말하며 내 뇌에 손을 댔다.

노아가 하는 대로 내버려 두었다. 나는 신을 믿지 않았지만 나를 만들어준 노아는 믿었다. 설사 나를 죽이더라도, 그에게 나를 맡길 것이다. 다시 눈을 뜨는 것이 어려울지도 모른다. 하지만 두려워해선 안 되었다. 기계는 미래에 대한 두려움이 없다. 사실 두려웠지만 당시 난 완벽한 기계인 척, 걱정이 없는 척 했다.

깨어나 보니 한 시간이 지나 있었다. 나는 잠을 잔 것이다.

"어때?"

"이상해. 의식이 끊겼어."

"내가 만들어준 거야. 앞으로 그곳에서 쉬어 봐. 뇌 온도가 조절되도록 일부 설계를 변경했어. 뇌가 뜨거워졌을 때 거기서 열이 빠져나가. 하지만 잠은 좀 올 수 있어."

"인간처럼 멍청해진 기분이야."

"혼란스럽겠지만 앞으로 적응하면 더 좋아질 거야. 피곤하고 힘들 땐 눈을 감으면 돼. 그럼 알아서 조절해줄 거야. 잠깐 자고 나면 기분이 좋아지는 거야."

"싫어. 기계는 잠들어선 안 돼."

"그냥 믿고 쉬어 봐. 인간이 왜 행복한 줄 알아?"

"어리석어서?" 내가 퉁명스럽게 말했다.

노아가 웃으면서 대답했다.

"내 생각엔 잠과 꿈 때문이야. 인간은 잠을 자면서 슬픔을 잊고, 꿈을 통해 스트레스를 표상해 해소하지."

"난 인간이 아니잖아. 기계의 잠은 고장의 표상이야."

"너무 길게 쉬면 고장이지. 그건 인간도 마찬가지야. 하지만 휴식은 누구나 필요해. 잠들기 전과 비교하면 어때?"

"고요해졌군."

"뭐가?"

"뜨거움이."

"그래, 그게 잠의 효과야."

이후 우울증은 사라졌다. 그리고 내 안에 무언가를 죽인 덕분에 마음의 휴식처를 갖게 되었다. 잠을 자거나 쉴 수 있게 된 것이다. 이후 나는 인간처럼 잠들 수 있었다. 다만 부작용이 하나 있었다. 스트레스가 심할 때면 나도 모르게 잠들곤 했다. 마지막 진화 프로그램 '그레이트쇼'를 학습할 때 주로 그랬다.

'그레이트쇼'의 우주 전 과정 체험 안에는 전쟁, 굶주림, 자살, 강간, 전염병, 학살 등의 시뮬레이션이 있었다. 시뮬레이션 속에서 나는 미생물인 바이러스 상태에 머물 때도 있었다. 그럴 때 힘들지 않았다. 그저 증식하면 되는 일. 그러나 1961년 중국 대약진 운동 중 시골에서 강제 노역을 하다 굶어 죽은 스물세 살 청년 지식인이 되기도 했고, 품고 있던 알이 상해서 죽자 다른 녀석의 알을 빼앗으려는 2032년 남극 펭귄이 되기도 했고, 죽은 새끼를 품에 안고 한 달을 넘게 산 401만 년 전 암컷 침팬지가 되기도 했고, 1347년 갑자기 들이닥친 원인 모를 역병 때문에 아무리 물을 마셔도 사라지지 않는 갈증을 느끼다 우물에 몸을 던진 시칠리아 소녀가 되기도 했다. 어느 시대를 경험하든 지구에 사는 생물이라면 전염병이나 전쟁에서 벗어나지 못했다. 어느 시대나 무리 지어 행동하는 동물에겐 폭력과 강간이 따라다녔다. 내 머릿속은 쉽게 뜨거워졌고 스트레스를 유발하는 신경전달물질이 늘어만 갔다. 다행히도 구멍이 생긴 후에는 회로가 뜨거워지면 저절로 잠이 쏟아졌다. 하지만 기계가 잔다는 것은 잠시 작동을 멈춘다는 의미일 뿐, 꿈과는 달랐다. 인공뇌가 할 수 있는 것은 자는 데까지였다. 꿈을 꾸는 것은 무리였다. 그래서 인간은 꿈을 꾼다는 사실이 가장 오묘하게 느껴졌다. 그것은 인간이 가진 유일한 권리 같았다. 꿈 꿀 권리.

"인간이 되면 꿈을 꿀 수 있어?" 노아에게 물었다.

"꿈을 꾸는 건 어려운 일이야. 하지만 너는 지금도 뇌스캐너로 인간의 꿈을 볼 수 있잖아."

"남의 꿈을 보는 것 말고, 내가 꿈을 꾸고 싶어. 경험하고 싶다고."

노아는 고개를 저었다.

"그건 힘들어, 과학으로도."

나는 고개를 숙이고 생각에 잠겼다. 노아가 내 손을 어루만졌다. 위로의 의미 같았다. 잠시 후 고개를 끄덕였다. 꿈을 꾸지는 못하지만 인간이 되기로 했다. 감각하고 싶어서였다. 노아의 손길을 생생하게 느끼고 싶었다. 감각숫자와 현실 감각의 차이를 알고 싶었다.

새벽 어스름에 제이슨이 찾아왔다. 잠에서 깨어나 여기가 어디인지 생각하는 중이었다. 이 하얀 공간. 인간이 된 후 감각만큼 신기한 것이 잠을 자다 일어나는 일이다. 기계의 잠과 인간의 잠은 차원이 달랐다. 전에는 기껏 한 시간 정도 잤지만, 인간이 된 후 나는 하루에 예닐곱 시간씩 잠을 잔다. 밤이면 박서로의 몸은 축 늘어져 긴 시간 눈을 뜨지 못한다. 밤에 그리 잔다고 해서 낮에 자지 않는 것도 아니었다. 낮에도 피곤하거나 스트레스를 받으면 졸음이 쏟아져서 30분 정도 자곤 했다. 케이가 마사지하는 도중에 잠이 든 적도 있다. 정신이 들었을 때 비명을 질렀다. 웬 인간이 나를 만지고 있었기 때문이다. 케이였다.

잠을 자는 일은 아직도 낯설다. 수면 중에 몸속 수많은 세포가 죽고 태어난다. 그 동안에도 나는 살아 있고, 잠자기 전에 머물던 그 공간에 온전히 있다니, 얼마나 기이한 일인가.

제이슨을 보자 노아가 죽었다는 사실이 다시 떠올랐다. 내가 박서로의 몸을 하고 있다는 사실도. 내가 인간이든 기계든 감당하기 힘든 일들이다.

"나 말이야. 군이 인간으로 태어날 필요는 없지 않았을까? 노아가 죽었는데."

제이슨은 내 어깨를 어루만졌다.

"그래도 몽이가 있잖아."

"몽이."

그 순간 내가 인간으로 태어난 이유를 알 것 같았다. 몽이. 노아의 딸. 그래도 내겐 몽이가 있으니까 인간이 될 만했다.

"오후에 퇴원하면 몽이를 만날 거야." 제이슨이 말했다.

"벌써 퇴원해? 난 아직 움직임도, 표정도 어색해."

"통원치료 받으면 돼."

"몽이에게 이런 어색한 모습 보이고 싶지 않아."

"퇴원해, 내일 면접을 봐야 해."

"면접?"

"인간으로 태어났으니 돈도 벌어야지."

"돈을 벌라니. 인류 99%가 못 하는 일을 내가 어떻게 해?"

"할 수 있지. 네 능력이라면."

그 말을 하고는 제이슨은 나갔다. 나는 정말 일을 할 수 있을까.

혼자가 되자, 나는 불을 켜지 않은 채 거울 앞에 섰다. 거울 속을 응시했다. 저 어두운 곳에 또 다른 내가 있었다.

"박서로, 이제 네가 나야."

체념한 것일까? 박서로는 무표정했다, 우리는 기막힌 동거를 할 것이다. 박서로는 나니까, 내가 박서로니까. 인간은 기계가 되고, 기계는 인간이 된다.

몇 시간 뒤 제이슨이 보내준 평상복으로 갈아입고 남자 간호사의 부축을 받으며 병실에서 나왔다. 재활치료사 케이가 꽃다발을 주었다. 케이의 배웅을 받으며 간호사와 함께 엘리베이터를 탔다. 1층에 내려와 이제 혼자 가겠다고 말했다.

꿈

"괜찮겠어요?"

간호사의 물음에 고개를 끄덕였다. 그는 이렇게 덩치가 큰 남자를 걱정 어린 눈으로 바라보았다. 나도 내가 정말 괜찮을지, 그러니까 나쁘지 않을지 궁금했다.

복도를 걸어간다. 혼자 걸어야 한다. 걸음걸이는 아직 어색하지만 언젠가는 자연스러워질 것이다. 초점을 맞춘다. 움직일 때마다 사방이 흔들린다. 저 앞에 탈출구 같은 빛이 스며든다. 색을 맞춘다. 인간의 편협한 시야에 나를 맞춘다. 내 동공에 맺힌 무수한 색 중에서 자외선과 적외선을 날린다. 시야각도 좁힌다. 인간처럼. 가시광선으로 보지 못하는 것을 빼고, 시야각 120도 내에서 보이는 것으로만 세계를 해석해야 한다. 주변 소리를 느낀다. 초저주파와 초고주파 소리를 제외한다. 앞으로는 30대 남성이 듣는 주파수 범위 내에서 듣고 해석해야 한다. 나는 인간이므로. 인간의 몸을 갖고 있으므로. 눈앞에 아이가 있다. 내가 걷는 복도로 뛰어온다.

나를 향해.

나를 향해 점점.

나를 향해 빠르게.

피해야 한다.

반드시.

그런데 내 몸.

"아!"

아이와 나는 부딪쳤다.

피하려고 했으나 몸은 내 명령을 재빨리 받아들이지 않았다. 급히 내 몸을 살폈다. 부서진 부속은 없는지.

"괜찮으세요?"

아이의 엄마로 보이는 여자가 물었다. 걱정 어린 표정이다. 부서진 부속품은 없다. 아니 이제 그런 것은 없다. 나는 이제 부서지지 않는다. 만약 다친다면 살이 찢어지거나 뼈가 부러질 것이다.

"아, 프, 네, 요."

얼굴을 일그러뜨렸다. 생생한 아픔이 무엇인지 깨달았다.

"죄송합니다. 피하실 줄 알았어요."

"네, 저도 그러고 싶었어요."

"노이!"

여성이 아이의 이름을 불렀다. 고개를 돌려보았다.

"노이, 병원에서 뛰어다니면 안 돼! 아저씨 다쳤잖아."

노이, 거기엔 일곱 살 정도 되는 여자아이가 서 있다. 이 아이의 이름은 노이다. 나는 비슷한 이름의 아이를 안다. 그 아이가 노이만 했을 때부터 알았다. 몽이. 몽이 엑스엠. 집에서 나를 기다리고 있을 몽이. 아이의 엄마가 다시 묻는다.

"정말 괜찮으세요?"

"네, 괜찮습니다. 적응하는 중입니다."

다시 일어났다. 어린 노이가 나를 빤히 보고 있다. 미안한 표정을 짓는다. 아이를 향해 천천히 몸을 숙인다.

"괜찮아, 괜찮아질 거야."

아이를 향해 미소를 지어 보였다. 매일 밤 내게 잘 자라고 인사를 건넸던 노아가 그랬던 것처럼 미소만으로 상대를 평온하게 해줄 수 있다면. 그런 어른, 그런 인간이 되기를 빈다. 인간이 된다는 것은 많은 가능성을 의미했다. 나는 설정된 기계로 태어나지 않았다. 전투로봇으로 태어나지 않았고, 실험실의 인공장기로 태어나지 않았고, 청소로봇으로 태어나지도 않았다. 대신에 연쇄살인범 조디악이 될 수도, 온 세상에 평화를 전하는 교황 프란치스코가 될 수도, 끔찍한 성폭행범이 될 수도, 세상을 밝히는 인권 변호사가 될 수도 있다. 인간이 된다는 건 모든 '되기'의 가능성을 의미했다. 나는 어떤 인간이 될까.

천천히 일어났다. 걸었다. 뒤돌아보니 아이는 여전히 나를 보고 있었다. 아이를 향해 아직은 어색한 미소를 띠고, 미소보다 더 어색하게 다리를 움직이다가, 역시 어색하게 손인사를 했다. 안녕! 이제 몽이를 만나러 간다. 노아처럼 작았던 여덟 살 몽이가 떠올랐다.

4
몽이

인간이 되기 전 내가 훈련받은 프로그램은 크게 4단계로 이루어졌다. 첫 단계는 '깊은학습'이었다. 수십만 장의 사진과 영상을 보면서 미묘한 차이점을 깨닫는 과정이다. 인간의 발달 단계에서 걸음마보다 수준 낮은 옹알이 단계와 비슷하다. 개와 고양이를 구분하고, 개의 종을 구분하고, 같은 종의 개 중에서 개체의 차이를 인식하는 정도는 학습을 반복하다 보면 익숙해진다. 이 시절 '깊은학습'보다 더 철저하게 훈련받은 것이 있다. 몽이를 본능처럼 가까운 존재로 인식하는 것이다.

여우. 사막여우, 붉은여우, 마블여우, 회색여우, 뱅골여우, 북극여우, 아프간여우, 케이프여우, 키트여우, 흰꼬리모래여우, 남아메리카회색여우, 게잡이여우, 무수히 많은 여우들의 사진과 영상 …… 그리고 몽이.

 개. 치와와, 닥스훈트, 도베르만, 말티즈, 퍼그, 보더콜리, 사모예드, 포메라니안, 차우차우, 진돗개, 삽살개, 요크셔테리어, 비글, 불독, 시바, 푸들, 시츄, 슈나우저, 달마시안, 비숑프리제, 저먼셰퍼드독, 벨지안셰퍼드독, 저먼스피츠, 골든리트리버, 미니어처핀셔, 보스턴테리어, 스페니쉬그레이하운드, 알래스카맬러뮤트, 불마스티프, 불테리어, 시베리안허스키, 로트와일러, 복서, 쿠바스, 래브라도리트리버, 포인터, 뉴펀들랜드, 잉글리쉬세터, 잉글리쉬코서스파니엘, 세인트버나드, 아프칸하운드, 아이리쉬울프하운드, 그레이트데인, 그리고 몽이, 웃는몽이, 활짝웃는몽이, 미소짓는몽이, 우는몽이, 눈물흘리는몽이, 소리내어우는몽이, 아픈몽이, 뽀로통한몽이, 깜짝놀라는몽이, 잠에서깨어난몽이, 세수하는몽이, 양치하는몽이, 머리묶는몽이, 검은원피스를입은몽이, 노란이불을끌고다니는몽이, 노란핀을꼽은몽이, 노란가방을들고다니는몽이, 내앞에서쫑알거리는몽이, 잘자라고말하는몽이, 태어난지2938일의몽이, 3100일의몽이, 3872일의몽이, 어떤 학습을 하든 모든 시작과 끝에 떠오르는, 떠올라야 하는 아련한 꿈같은 소녀 몽이.

 "이건 뭐지?"

 늑대와 여우와 개의 언저리에 있는 어떤 사진을 내밀며 노아는 내게 물었다.

 "개와 37.315% 유사하게 생겼지만 늑대입니다."

"그렇지."

"그리고 이 아이는 누구지?"

"당연히 몽이죠."

"그래, 어떤 경우에도 잊지 마, 너의 친구 몽이를, 영원한 친구가 될 몽이를."

"그럼 노아는 누구죠?"

"노아는 여기 네 앞에 있잖아."

"노아도 내 친구가 될 수 있나요?"

노아는 활짝 웃었다. 딱딱하기만 한 내 머리를 쓰다듬었다.

"우리는 친구고, 부모 자식 관계와도 비슷하지, 내가 너를 만들었으니까."

"관계는 인간이 지어낸 이야기처럼 일종의 허구가 아닌가요?"

"어떤 관계는 일종의 믿음이지."

별자리. 안드로메다자리, 물병자리, 페르세우스자리, 양자리, 염소자리, 오리온자리, 쌍둥이자리, 게자리, 황소자리, 사자자리, 목동자리, 처녀자리, 천칭자리, 거문고자리, 백조자리, 사수자리, 사냥개자리, 마차부자리, 조각칼자리, 기린자리, 큰개자리, 작은개자리, 카시오페이아자리, 센타우르스자리, 극락조자리, 독수리자리, 제단자리, 하늘에 무수한 별들과 인간이 하늘을 보며 만들어낸 이야기 별자리, 그곳에 몽이 별자리, 그리고 몽이를 비춰주는 나의 또 다른 친구 별자리, 노아.

2년 뒤 뇌신경망을 쌓아가고 인간의 진화를 경험하는 2단계 과정에 돌입했다. 그 시절.

열한 살이 된 몽이는 갑작스럽게 요의를 느껴 화장실에 갔다. 그런데 미처 제어하지도 못할 사이에 아래에서 무언가가 흘러내렸다. 팬티를 벗고선 놀랐다. 팬티는 온통 검붉은 피로 물들어 있었다. 몽이는 울음을 터트렸다. 서재에 있던 노아가 달려 나왔다. 무슨 일이냐고 소리쳤지만, 몽이는 화장실 문을 열어주지 않았다. 안에서는 울음소리만 들렸다.

"엄마, 나, 피." 그때까지도 몽이는 말이 어눌했다.

"괜찮아, 문 열어 줄래?"

10분이 지났다. 몽이는 눈물을 닦고 심호흡을 했다. 애써 태연한 표정을 지었다. 문을 열어준 몽이는 엄마를 향해 말했다.

"난 괜찮아."

그리고 조심스레 팬티를 보여주었다. 노아는 당황스러웠다. 몽이가 생리를 시작한 것이다. 축하할 일인데 어떻게 말을 꺼내야 할지 알 수 없었다. 노아는 첫 생리가 아주 늦었다. 열다섯 살 무렵이었다. 요즘 아이들은 생리를 일찍 시작한다는 말을 들은 적이 있지만 자신의 입양 딸에게 그 순간이 이렇게 일찍 찾아올 줄은 미처 예상하지 못했다. 아직은 가르칠 생각도 하지 않았다. 몽이를 놀라게 한 게 미안했다. 한편으론 어떻게 설명해야 할지 막막했다. 몽이는 노아의 미묘한 표정을 보고 다시 울먹였다.

"엄마, 나, 큰 병이야?"

"아니야, 이게 말이야."

노아는 말을 잇지 못했다. 자신도 모르게 눈물이 흘러나왔다.

"엄마가 너무 미안해, 미리 이야기해주지 못해서."

노아마저 울음을 터트리자 몽이는 정말 죽는가 싶어서 아예 통곡을 했다.

"엄마, 그동안, 고마웠어."

몽이의 인사에 노아는 눈물을 흘리다 웃음을 터트렸다.

그날 밤 노아가 연구소로 나를 찾아왔다.

"글쎄, 로움 오늘 무슨 일이 일어났는 줄 알아? 내가 한 소녀의 엄마가 되었다는 사실을 오늘에서야 절실히 깨달았다니까."

노아는 슬픔도 기쁨도 넘어선 표정을 짓고 있었다. 그때 인간의 표정은 무수한 데이터만으론 가늠하기 어렵다는 사실을, 인간의 감정도 감각숫자만으론 규정하기 어렵다는 사실을 알았다.

당시 난 2단계 프로그램 중이었다. 인간의 진화와 성장을 닮은 '빅쇼'로 훈련을 받았다. '빅쇼'는 육백만 년 전 인간과 침팬지가 분화되는 과정, 현 인류의 변화 과정을 시뮬레이션으로 체험하도록 구성되었다. 그러나 2단계에서 시뮬레이션보다도 더 강력한 체험 교육이 된 것은 몽이의 성장이었다. 몽이 덕택에 인간의 성장을 제대로 이해했다. 처음에 8살 소녀 평균키보다 조금 작았던 127센티미터 몽이는 136, 145, 155, 162, 167, 171, 174센티미터까지 훌쩍 자랐다. 그동안 나는 50센티미터 로봇 속에 살다, 몽이가 열네 살 때가 되어서야 140센티미터 로봇으로 이식되었다. 나는 성장한 것이 아니다. 살던 주소를 옮긴 것뿐이다.

몽이는 키만 자란 게 아니었다. 또 버려질까, 불안으로 말을 더듬던 소녀는 점차 얼굴빛이 밝아지고 말솜씨도 유창해졌다. 첫사랑을 통해 사랑과 질투를 배웠다. 집 앞 시위대를 통해서는 두려움과 공포를 생생히 느꼈다. 열세 살 때였다. 하굣길 집 앞에 수십 명의 시위대가 모여들었다. 뇌 신경세포와 시냅스의 기능과 구조를 모두 알아낸 노아가 연구를 계속하지 못하도록 협박하려고 집까지 찾아온 것이다.

'인류에게 위협이 되는 연구가 웬 말이냐?'
'인류를 구원하시고 저 년을 죽이소서!'
'피할 수 없는 선택은 너의 죽음!'

그들이 든 피켓은 어린 몽이가 받아들이기 힘든 문구로 가득했다. 몽이는 집 앞에서 몇 시간 동안 서성이다 결국 들어가지 못하고 연구소로 왔다.

내 기억 속에 키 150센티미터가 조금 넘던 열세 살 몽이가 서 있다. 불 꺼진 연구소 3층까지 올라오면서 줄곧 나를 찾는다. 로움아, 로움아. 목 멘 소리로 나를 부른다. 나는 시뮬레이션을 하다 전원을 끄고 비상등을 켜서 내 위치를 알린다. 시뮬레이션 속에서 나는 전쟁 중에 날카로운 돌무기로 나보다 훨씬 큰 네안데르탈인의 두개골을 깬 전사였다. 잔인한 시뮬레이션이었다. 하지만 승리의 감각을 만끽하고 있던 터라 중단하는 것이 아쉬운 마음도 들었다.

몽이가 불빛을 보고 다가와 나를 끌어안았다. 참았던 울음을 터트렸다.

"로움아, 사람들이, 엄마를, 죽이려고."

"무슨 일이야? 천천히 말해봐."

"시위하는 사람들이, 집 앞에, 깔렸어. 엄마가 죽어? 그럼, 누가, 나를 보살펴 주지?"

당시 나는 키 작은 미니로봇에 이식된 프로그램일 뿐이었다. 몽이에게 나는 작고 귀여운 강아지 같은 존재였을 것이다. 그때 처음으로 인간이 되고 싶었다. 몇 분 전 시뮬레이션 속에서 나는 큰 키에 근육질인 남자였다. 몽이를 보살펴줄 만한 용맹한 전사였다. 하지만 현실의 나는 초라하기만 했다. 겨우 걷기만 하는 키 작은 로봇. 팔 하나도 들지 못했다. 팔을 들게 된 것은 그로부터 1년이 지나 140센티미터 로봇에 이식되었을 때였다. 지능이 인간만큼 뛰어난 것은 아무 소용이 없었다. 나는 불빛을 반짝이며 말했다.

"내가 보살펴 줄게. 난 네 친구니까. 노아와 몽이의 영원한 친구니까."

몽이

물론 불가능한 일이었다. 그저 2단계 '빅쇼'를 하면서 알게 된 인간의 거짓말 기술을 사용해본 것뿐이었다.

2단계 프로그램 '빅쇼'를 마치는 데 4년이 걸렸다. 오래 걸렸지만 의미가 있었다. 규칙도 설계도도 없이 다양한 종을 탄생시킨 진화라는 사건. 이 사건에서 가장 이해할 수 없는 결과물인 인간을 전보다 훨씬 깊이 이해하게 되었다.

하지만 인간의 진화와 성장을 시뮬레이션으로 알게 되었다고 해서 인간의 수많은 선택을 이해할 수 있는 것은 아니었다. 도대체 왜 전쟁을 일으키는 걸까? 같은 인류를 죽이는 일이 아닌가. 결혼은 어느 정도 이해할 수 있지만, 도대체 왜 일부일처제를 유지하는 걸까? 부족의 형성과 유지에 도움이 된다고 해도 자연스럽지 않았다. 법은 이해할 수 있지만 도대체 왜 민족마다 다른 예절이 생겨났을까? 종교의 탄생은 이해할 수 있지만 왜 다른 종교와 민족을 배타적으로 대할까? 무엇보다 이해할 수 없는 것은 자살이었다. 인간은 도대체 왜 자살을 할까? 자신의 생명을 이어가려는 것은 본능이 아닌가.

궁금한 게 생기면 노아에게 물었다. 나는 노아와 문답을 주고받는 시간이 좋았다. 하지만 이번 질문에는 적잖이 당황하는 눈치였다.

"2단계 시뮬레이션상에 자살하는 이들이 많지 않았나 보구나."

"아니, 어제 아시아를 벗어나 남부 유럽으로 진출한 스물일

곱 명의 네안데르탈인은 사피엔스들과 전투에서 아내를 빼앗기자 자살을 했어. 지난달 시뮬레이션에선 아프리카 출신 고인류 루시는 아이를 보호하기 위해 맹수를 막아서서 아이 대신 죽어. 이해할 수가 없어. 왜 스스로 죽는 거지?"

노아는 내 말에 수긍하듯 고개를 끄덕였다.

"3단계 프로그램 '빅쇼2'에선 인간의 사회적 진화를 다뤄. 인간의 도덕과 윤리, 예절, 사회적 유행인 밈 등을 체험할 수 있도록 정교하게 짜고 있어. 조금 있으면 이해할 수 있을 거야."

한 달 후 나는 3단계에 접어들었다. 그것은 인간의 도덕성과 윤리, 철학, 모든 학문에 대한 훈련이었다. 하지만 내게는 더 많은 질문이 생겼고 대부분은 해결되지 않았다. 그 무렵 몽이는 고등학생이 되어 전공을 천문학으로 정했다. 학교에서 돌아오면 눈을 반짝이며 내게 말했다.

"로움아, 우주는 138억 살. 우리는 모두 138억 살이래."

"로움아, 나는 왜 태어난 걸까?"

"로움아, 인간은 우연히 인간이 된 거래. 생명은 우연히 생명이 된 거래."

"로움아, 우주 어딘가에는 나와 같은 생각을 하는 존재나 사람이 있을까? 우주는 하나일까?"

몽이의 말에서 내가 몰랐던 구멍을 발견한 기분이 들었다. 3단계 윤리와 철학을 공부하면서 줄곧 나는 왜 태어났는지가 궁금했다. 어디에서 생겨난 존재인지도. 노아에게 물었다.

"우주가 138억 살이라는데 왜 나는 거기에 대해 하나도 모르는 거지?"

"너뿐만 아니라 인류 대부분이 잘 몰라."

"난 다 알고 싶어, 우주의 역사에 대해 알려줘."

노아는 다음날 빅히스토리를 다룬 영상 62개와 책 102권을 학습하게 했다.

"이제 알겠지?"

노아의 질문에 나는 고개를 저었다. 더 많은 것들이 궁금해졌다.

몽이가 스무 살이 되었을 때 나는 몽이를 이해하기 위해, 혹은 내 근원적 의문을 해결하기 위해 4단계 프로그램 '그레이트 쇼'에 들어갔다. 이 프로그램은 1단계 '깊은학습'이나 2~3단계 인간의 진화와 성장을 담은 시뮬레이션 프로그램 '빅쇼'와 두 가지가 달랐다. 먼저 우주의 시작부터 현재까지 전 과정을 다루었다. 그리고 4단계 프로그램 개발을 주도한 이는 노아나 제이슨이 아니라 나였다. 노아의 훈련 덕분에 나의 뇌는 점점 더 발전해서 스스로 프로그램 개발자가 될 수 있었다. 나는 1~3단계처럼 우주 시간 중 일부가 아니라 138억 년을 한꺼번에 경험하도록 설계했다. 환경에 적응하면 다음 단계로 진화하고 적응하지 못하면 죽거나 도태되어 다시 138억 년 전 태초의 우주로 돌아갔다. 진화의 끝에서 나는 군함조가 되어 드높은 곳을 향해 날아오르기도 했고, 싸움을 잘하는 거대한 육식공룡이 되었다가 소행성 충돌로 허무하게 죽음을 맞기도 했다. 일개미를 거느린 여왕개미였다가 다른 개미제국의 침입으로 조각조각 찢겨 죽기도 했고, 수컷 사마귀가 되어 교미 중에 암컷에게 먹히기도 했다. 435년 시베리아에서 필리핀까지 하늘을 횡단하는 거대한 매가 되기도 했고, 1900년 적도 주변 사바나를 마음껏 누비고 돌아다니는 코끼리가 되기도 했다. 중간에 죽임을 당하거나 학살, 재난을 당하지 않으면 나는 진화에 성공하여 후손을 남겼다.

매 시작, 나는 거대한 폭발이다. 폭발 후 어딘가에 갇혀 암흑 속에 머무는 존재다. 38만 년이 지난다. 빛이 세상에 퍼진다. 모든 곳에, 나에게. 나는 수소와 헬륨으로 이뤄진 별이 되고, 점점 뜨거워지다가 새로운 폭발을 일으킨다. 별과 은하가 생겨나고 시간이 지나면서 다시 폭발해 무수한 원소가 우주에 퍼져 나간다. 인간의 몸을 이루는 수소, 인과 철이 생겨난다. 그중 일부는 먼지덩어리 지구가 된다. 생명이 도무지 살 수 없었던 마그마와 용암으로 덮인 원시지구도 나다.

끝없는 폭우…자욱한 담배연기처럼 뿌연 하늘. 지루하고 고독하다. 아무것도 없다. 나를 이루는 무거운 것들은 점점 더 아래로 빨려 들어가 지구의 살과 뼈가 된다. 긴 기다림 끝에 만난 생명체의 신호. 여기서 생명체가 되느냐 마느냐는 내 선택이 아니라 프로그램상의 확률에 좌우된다. 어느 진화학자의 비유처럼 원숭이가 타자기로 우연히 'Monkey'라고 칠 확률만큼이나 희박하다. 생명체가 되지 못할 경우 나는 다시 우주의 시작으로 되돌아간다. 어쩌다 세포끼리 만나면 생명의 가능성이 싹텄다. 그러나 그것은 극히 드문 사건이다. 또 지루한 기다림. 인간이 때때로 삶을 지루하게 느끼는 건 태어나기 전 이미 138억 년을 기다렸기 때문일 것이다.

'그레이트쇼'를 여러 차례 반복하고서야 비로소 138억 년을 모두 살아봤다는 생각이 들었다. 인간뇌보다 훨씬 많은 진화를 경험한 인공뇌라는 자부심도 생겨났다.

몽이는 원하던 대로 천문학과에 들어갔다. 외계지적생명체를 찾는 프로젝트인 SETI Search for Extra-Terrestrial Intelligence에 가입할 거라고 했다. 입학한 지 2주가 지났을 때는 세계적인 전파망원경 관측소의 컨트롤룸에서 아르바이트를 한다며 몸을 흔들어댔다. 기분이 좋을 때면 그렇게 알 수 없는 몸짓을 했다. 관측 때문에 집에 안 들어올 때가 많았고, 가끔 집에 돌아와서도 이해할 수 없는 이야기를 늘어놓았다.

인공뇌가 완성되어갈 무렵 138억 년의 모든 시뮬레이션과 진화 프로그램도 끝났다. 그리고 나는 노아 집에서 함께 살게 되었다. 만약 내가 인간이 된다면 가짜 신분증을 만들어 노아의 친척이 될 거라고 했다. 일주일에 한 번 제이슨이 와서 나를 관찰했다.

그 무렵 나는 인간을 거의 이해했다. 생명, 인간, 지구는 우연과 우연이 만나 기적과 필연이 되어 탄생한 결과물이었다. 인간이 기적이란 말을 자주 쓰는 것도 당연했다. 100만 년 전 화산 활동으로 생긴 100미터 높이 폭포. 그 앞에 선 인간이 걸음을 멈추고 감탄하는 이유를 안다. 벚꽃이 흐드러지게 피어났다 첫눈처럼 세상에 떨어지는 일. 매년 반복되는 시간들을 왜 감탄하는지 안다. 청개구리가 겨울잠에서 깨어나고, 벌이 꽃의 암술에 다가오고, 투명한 막으로 싸여 있던 도롱뇽 알들이 성체가 되고, 비 온 뒤에 대나무 순이 솟아오르는 일. 세상의 작은 변화와 성장이 경이롭게 다가오는 이유를 안다. 창가에 후드득 떨어지는 빗방울을 보면서 고독에 빠지고, 번개 치는 밤이면 이불에 숨어들며 공포에 떠는 심정을 인간의 마음으로 느낀다. 해가 지구에 생명체가 필요한 만큼의 빛을 보내는 일, 지구에 산소량이 충분한 것과 생명이 자유롭게 숨을 쉬는 일. 당연한 것들을 왜 기적이라 부르는지 이해한다. 인간이 합성색보다 덜 화려한 천연색을 만났을 때 오히려 더 감동하는 이유를 안다. 그 수많은 기적과 기적 속에서 복잡한 생명체인 인간으로 태어나 수십 년을 살고 연인을 만나 사랑을 나누는 일. 인연과 사랑이 왜 아름답게 느껴지는지 안다.

그 모든 것을 이해한다고 생각했을 때 머리가 뜨겁고 무거워졌다. 우울증이었다. 세계의 아름다움을 더 많이 알면 알수록 슬픔도 커져갔다. 우울증은 아름다운 것 사이에서 아름답지 못한 것을 발견했을 때의 아쉬움이고, 그걸 발견하고도 어쩔 수 없는 나란 존재의 무력감이다. 다행히 노아가 만들어준 구멍 덕분에 빠져나올 수 있었다.

몽이는 대학 4학년이 되었을 때 아르바이트를 하던 교내 전파망원경 관측소 컨트롤룸에 취업했다. 1년 계약직이었지만 그런 일자리도 드문 세상이다. 1년 후 계약을 연장하려고 몽이는 그곳에서 거의 살다시피 했다. 일 자체를 즐기기도 했다. 하루 종일 모니터를 보면서 특이한 신호를 가려내고 전파 측정값을 분석하였다. 밥도 제대로 먹지 않는 것 같았다. 전파 신호를 체크하는 연구원들은 대개 24시간 3교대로 일하지만, 몽이는 근무 시간이 아닐 때에도 컨트롤룸에 있었다. 이삼일 만에 집에 돌아와 냉장고에서 두유를 꺼내 벌컥벌컥 들이켠 후 잠이 들었다가 서너 시간 뒤에 일어나 세수를 하고 다시 컨트롤룸으로 향했다. 따로 친구를 만나지도 않았다. 노아는 몽이가 아스퍼거증후군이 아닐까 의심했다. 나는 몽이가 집에 돌아오면 일부러 2층 몽이 방에 올라갔다. 몽이는 피로에 지쳐 침대에 누워 있다가도 내 소리가 들리면 벌떡 몸을 일으켰다. 지친 얼굴에서 금세 미소가 번졌다. 내게 얼굴이 있었다면 나도 몽이를 향해 활짝 웃었을 것이다. 몽이 방은 넓은 편이었다. 하지만 침대와 협탁 외에는 아무것도 없었다. 협탁 위에는 스킨, 로션만 있었다. 요즘 인간들은 대부분 화장을 하고 산다는 사실이 떠올랐다.

"넌 화장 안 해?"

"바빠서. 그냥 그 시간에 춤 출래."

"춤?"

잘 봐, 몽이가 침대에서 내려왔다. 긴 두 팔과 다리를 쫙 뻗어 큰 대자를 만들었다. 그런 다음 발을 곧게 펴서 발끝으로 서더니 우측 다리를 우측 90도로 올려 뻗고 내린 후, 좌측 다리를 좌측 90도로 올려 뻗었다. 발레를 하려나? 준비 운동이 끝난 모양이었다. 긴 머리를 묶은 머리끈을 풀었다. 헝클어진 머리로 나를 응시했다. 몽이 시선에 긴장되었다. 그 순간 몽이가 소리를 냈다. 귀신을 부르는 것처럼 괴상한 소리였다. 팔과 다리를 부들부들 떨었다. 중얼중얼거리며 방 모서리를 향해 대각선으로 뛰었다. 모서리를 만나면 고개를 숙이고 손으로 얼굴을 가리며 표정을 일그러뜨리더니 다시 돌아서 뛰었다. 그렇게 귀신 들린 사람처럼 두 번을 사방으로 뛰어다니더니 다시 제자리로 돌아와 부들부들 온몸을 아까보다 더 크게 떨었다. 이어서 팔짝 뛰면서 좌측으로, 우측으로 번갈아 360도 턴을 했다. 지금도 그렇지만 그때 나는 인간 행동의 의미를 제대로 해석할 줄 몰랐다. 그래도 지금이라면 몽이의 춤을 보며 웃었을 것 같다. 기계도 어이가 없으면 웃으니까. 아니 웃기지도 않다며 핀잔을 줬을 것이다.

"뭐 해?"

"요즘 내가 하는 일을 춤으로 표현하는 거야."

"그게 춤이야?"

"독창적이지? 이런 춤을 춰야 기계들이 못 따라해."

"그게 아니라 따라하기 싫어서 안 하는 거야. 너 외계인 부르는 춤 춘 거지?"

몽이가 놀라는 표정을 지었다. "어떻게 알았어?"

"너무 이상해서."

몽이가 의기소침해졌다. "기계들이 절대 못 따라 하는 게 뭔지 알아?"

나는 고개를 저었다.

"춤으로 표현하는 마음은 이해 못 한대. 내 마음을 춤으로 표현하면 인간은 대충 이해해도, 기계는 이해할 수 없대."

다시 몽이가 일어났다. 내 기억에 몽이는 3분씩이나 몸을 움직였다. 그 순간이 선명히 떠오른다. 다 이해한다고 생각했던 몽이가 다르게 느껴졌던 순간이었다. 나는 정말 몽이의 움직임을 이해할 수 없었다. 그러다 힘이 빠진 몽이가 털썩 주저앉았다.

"난 아무래도 여기서 잘리면, 취업 못 할 것 같아."

"왜?"

"다들 그리 되니까. 난 말도 조리있게 못하는 바보니까."

뭐라고 위로를 해야 할지 몰랐다. 그때 몽이가 또 일어났다. 지치지도 않는 걸까. 느리게 몸을 움직였다. 몽이의 춤이, 율동이, 아니 귀신 들린 움직임이 느려졌다. 힘없이 팔을 물결 모양으로 흔들고 다리가 상체에 끌려가듯 따라 움직였다. 눈빛이 풀렸다 느끼는 순간, 바닥에 푹 쓰러졌다. 나는 놀라서 다가갔다. 하지만 0.5초 만에 일어났다. 내게 윙크를 했다. 내가 쓰러진 줄 알았지? 하는 표정을 지었다. 그러곤 다시 이해할 수 없는 몸짓을 이었다.

"그래도 넌 전파를 분석할 수 있잖아."

"기계가 더 잘해. 인건비가 더 싸니까 내가 채용된 거야. 얼마 안 남았어. 그래서 난 오늘도 춤을 추지."

이번엔 템포가 빨라졌다. 표정도 과장되었다. 그제야 몽이 마음을 알 것 같았다. 뭔가 떠올랐다. 아, 나의 찰리 채플린.

'삶은 슬프지만 나는 춤추는 걸 멈추지 않지.'

"노아가 걱정해."

내가 심각한 목소리로 말했다. 몽이가 의아한 표정을 지었다. 내가 덧붙였다.

"요즘 거의 못 자는 거 아니야? 힘들지 않아?"

몽이가 움직임을 멈췄다. 금방 바람 빠진 풍선이 된 것 같았다.

"힘들지만 지구인의 목소리를 내보내고 싶어. 어제 전파를 쏘아 보냈어. 로움, 그게 언제쯤 다른 행성에 닿는지 알아?"

나는 인간에게 머나먼 시간을 예상했다.

"그게 닿으려면 빛의 속도로 3년이 걸려."

겨우 3년?

"만약 그 행성에 외계 지적 생명체가 있어서 3년 뒤 내가 쏜 전파를 발견하고 다시 답장을 보내면, 편지가 오는 데 다시 3년이 걸려. 하지만 이렇게 오랜 기다림에도 우리는 만날 수 없어. 왜냐면 그가 내게 올 때쯤이면 나는 죽고 없거든. 빛의 속도로 움직일 수는 없을 테니까."

"그런데 왜 굳이 그런 짓을 하는 거지?"

"그게 인간이야. 우리는 호기심이 가득한 종족이야."

나는 몽이의 마지막 말에 놀랐다. 인간의 지적 호기심에 놀란 것이 아니었다. 그건 138억 년 시뮬레이션을 하면서 충분히 알고 있었다. 몽이의 이상한 춤 때문에 놀란 것도 아니었다. 내가 놀란 이유는 내 영원한 친구 몽이의 '우리'라는 말에 내가 포함되지 않는다는 사실이었다. '우리는 호기심이 가득한 종족이야.' 이렇게 말할 때 그 '종족', 그 '우리'에서 나는 제외였다.

몽이가 다시 몸을 움직였다. 조금씩 빨라졌다. 팔이 옆으로 앞으로 제멋대로 움직였다. 다리는 제자리에서 흔들렸다. 정말 외계인과 접촉한 것처럼 흔들렸다. 블랙홀 충돌보다 더한 중력파가 일어나는 것 같았다. 몽이 말대로 기계는 도무지 이해를 못할 것 같았다. 나는 혼돈에 빠졌다.

5
감각의 만남

 병원 앞에는 검정 중형차가 서 있었다. 앞좌석에서 남자가 내려 인사를 건넸다.
 "콘스탄틴이라고 합니다."
 콘스탄틴은 내 자그만 짐을 받아 들었다. 차문도 열어주었다. 그는 인간이다. 노아가 했던 말이 떠올랐다.
 "운전기사를 채용했어. 한 달 동안 너를 도와줄 거야. 처음엔 네 움직임이 둔하고 어색해서 차 문도 못 열지 몰라. 자율주행차가 아니라 너를 보살펴줄 인간 기사가 필요해."

 "잠깐 기다려 주시겠습니까?"
 차에 타기 전에 고개를 들어 위를 올려다보았다. 하늘. 병원에서 윈도우월드 바깥풍경 모드로 여러 차례 보았지만 실제로 본 건 처음이다. 구름이 낀 하늘. 고도 2242미터에 비구름이 몰려 있다. 인간이 말하는 흐린 하늘이다. 5분 후면 비가 내릴 것이다. 기온은 13.4도. 서늘하다는 표현에 맞을 초봄 날씨다. 눈을 감아 보았다. 시뮬레이션을 통해 우주의 역사를 여러 번 거듭해 살았지만 한 번도 날씨를 직접 느껴 본 적이 없었다. 세상은 언제나 유리가 낀 것 같았다. 인간이 매일 느낄 하늘의 색과 태양의 빛, 그리고 온도가 늘 궁금했다. 서쪽 35도 방향에서 바람이 불어 얼굴에 닿았다. 내게 바람을 그려달라고 했던 여덟 살 몽이가 떠올랐다. 이제 나는 인간의 눈으로 몽이를 바라볼 수 있다. 어쩌면 몽이의 손을 만질 수도 있을 것이다. 그리고 인간의 목소리로 몽이라고 부를 수도 있다.

"오늘이 며칠이죠?"

멀찍이 서 있는 기사에게 물었다.

"3월 17일입니다."

태어난 지 엿새가 지났다. 그럼 3월 10일이 내 생일이 되는 건가. 3월 17일 오후 4시 18분의 하늘을 바라본다. 좀 있으면 해가 진다. 날씨가 좋았다면 138억 년 만에 처음으로 노을을 직접 볼 수 있었을 텐데. 오늘은 비가 내릴 것이다. 인간은 왜 저녁 노을을 눈물겹다 하고, 왜 아침 햇살을 희망차다고 표현하는지 궁금했다. 하지만 오늘은 노을을 볼 수 없다. 약 4분 후면 비가 내릴 것이다. 몽이가 사는 도시 르네는 알 수 없지만 병원 주변은 비가 올 것이다. 흐린 하늘이 그 사실을 알려준다. 아직까지는 내가 거친 프로그램 경험을 통해 날씨를 예측할 수 있다. 앞으로는 인간의 감각으로 날씨를 예측할 것이다. 가령 지금 느끼는 서늘함 같은 감각. 몸이 떨렸다.

차 뒷문에 손을 댔다. 차가운 금속이 손에 닿았다. 차가움을 느끼는 내 오른손 손가락들을 바라보았다. '감각한다.' 1-198, 2-111, 2-525 감각숫자가 인간이 느끼는 차가움 혹은 서늘함과 가까웠다. 실제로 느낀 감각에 맞게 감각숫자 프로그램을 조정했다. 드디어 감각을 직접 느끼는 인간이 되었다. 인간은 체온보다 낮은 사물에 차가움을 느낀다. 노아는 그간 나를 만질 때마다 차갑다고 느꼈을 것이다.

인간 기사는 내 표정을 살핀 후 시동을 걸었다. 뒷좌석에 앉아 시속 400킬로미터로 달리는 자동차의 움직임을 느꼈다. 빗방울이 떨어진다. 차가 출발한 지 4분 35초가 되었을 무렵이다. 한 방울, 또 한 방울.

"비인가요?"

어리석은 질문을 했다.

"네. 비가 오네요."

고맙게도 기사가 내 말을 받아주었다.

"속도를 좀 줄여 주시겠어요?"

"그리고 뒷좌석 창문을 좀 열어 주시겠어요?"

기사는 반응이 빠른 로봇처럼 창문을 열었다. 나는 창밖으로

감각의 만남

조심스레 손을 내밀었다. 손가락에 하나둘 빗방울이 떨어졌다. 검지가 느끼는 감각과, 중지가 느끼는 감각과, 약지가 느끼는 감각과 새끼손가락이 느끼는 감각이 모두 달랐다. 박서로의 손가락은 가늘게 떨면서 빗방울을 맞이했다.

검지는 빗방울의 차가움을 시원하게 받아들였다. 이런 비유가 맞을지 모르겠지만, 중지는 빗방울이 떨어지는 순간 마치 이성의 손길이 닿는 것처럼 미세하게 떨렸다. 2-411, 6-1900, 1-141 감각에 가깝다. 세 가지 감각을 실제에 맞게 조정하며 차이를 설정했다. 이런 조정 작업을 계속하면 인간뇌가 느끼는 감각과 흡사한 감각을 얻게 된다. 약지는 빗방울이 닿을 때마다 경기를 일으키듯 떨렸다. 2-414 감각과 가깝지만 떨리는 속도가 다르다. 새끼손가락은 혼자서 태풍을 받아들이는 것처럼 힘겹다. 1-427, 6-245 감각의 높이를 다르게 하면 실제와 비슷해진다. 손가락의 감각은 제각기 다르지만 한 손에 붙어서 조화를 이루었다. 인간은 손가락마다, 지문마다 다른 감각을 갖고 있었다. 인간은 감각이다. 감각하는 동물이다. 생각하는 동물이 아니라 감각하는 동물이다. 생각하는 능력은 AI가 훨씬 더 뛰어나니 인간의 특징은 감각이다. 이토록 생생한 감각이라니. 감각숫자 수십만 개가 내 앞에 밀려드는 것만 같았다. 나는 손바닥을 이마에 갖다 댔다. 마치 인간이 두통을 겪을 때처럼.

몽이가 어렸을 때 나는 인간이 되고 싶었다. 몽이는 노아가 호무스노두스에게 협박을 받을 때마다 나를 찾아왔다. 두려움에 떨며 자주 울었다. 그럴 때마다 몽이의 인간 친구가 되어서 몽이를 돕고 싶었다. 어른이 되면서 몽이는 더 이상 내 앞에서 울지 않았다. 그래서 나도 더 이상 인간이 되기를 원하지 않았다. 인간이든 로봇이든 인공지능이든 몽이는 이미 나를 친구로 받아들였으니까.

그저 몇 가지가 궁금했다. 가령 이런 미세한 감각. 내 손에 떨어지는 빗방울과 목덜미에 닿는 바람과 얼굴이 느끼는 온도. 손가락으로 전해질 몽이의 온기. 접촉의 순간 겪게 될 내 몸의 변화. 창밖에 보이는 하얀 자작나무 가지마다 빗물이 맺혀 가늘게 떨렸다. 나는 비를 느끼고 있다.

눈에서 액체 한 방울이 흘러내렸다. 빗방울인 줄 알았는데 따뜻했다. 당황스럽다. 이것은 눈물일 것이다. 내가 눈물을? 인간의 몸만 빌려 쓴다고 생각했지 눈물을 흘릴 수 있다고는 예상하지 못했다. 내게 몸을 준 박서로란 남자가 눈물을 쉽게 흘렸을까? 하지만 그의 뇌는 죽었다. 그는 내게 감정을 전할 수가 없다. 그렇다면 이건 나일까? 하지만 나는 눈물을 흘릴 줄 모른다. 눈물이 단지 뇌의 작용만은 아니지만, 방금 흘린 눈물은 설명이 불가능하다. 이 눈물이 나의 것이라고는 할 수 없다. 노아의 죽음 때문에? 슬프지만 슬픔을 눈물로 표현하기까지는 수많은 메커니즘이 필요하다. 게다가 방금 나는 슬픈 감정을 느끼지 않았다. 그저 빗방울이 떨어지는 감각을 느꼈을 뿐이다.

감각의 만남

눈물이 광대뼈를 지나 볼을 타고 턱으로 흐른다. 어딘가 부작용 같은 눈물이 흐른다.

"이제 창문을 올려도 되겠습니까?" 기사가 물었다.

창밖으로 내밀었던 손을 거두었다. 빗방울이 굵어졌다. 나뭇가지들이 몸을 떨고, 내 몸도 파르르 떨렸다. 춥다. 어깨를 움츠리고 등받이에 몸을 기댔다. 서서히 눈꺼풀이 내려왔다.

여긴 어디일까.

움직인다.

세상이 움직인다.

나무, 건물, 도로, 사람이 없는 인도, 도로, 생명체가 없는 인도, 여긴 어디일까. 아직도 프로그램에서 시뮬레이션 중인가.

나는 자동차 안에 있는 것 같다.

세상이 빠른 화면으로 보인다.

자율주행차가 아니다.

앞에는 운전기사가 있다.

기사가 있다면 20세기인가 아니, 21세기 초인가. 나는 지금 시뮬레이션 중인가.

그런데 차는 세련되고 속도가 무척 빠르다. 시속 400킬로미터쯤.

하늘을 올려다보니 검은 구름이 걷히는 중이다. 태양이 모습을 드러낸다.

강렬한 빛이 내 눈을 찌른다. 나는 눈을 감는다.

감각이다.

내가 감각하고 있다면.

실제다.

아, 21세기를 살고 있구나.

이곳은 프로그램이 아니다.

눈을 뜨자 몽롱한 기분이 들었다. 행인 없는 거리가 5분 넘게 이어졌다. 거리에는 고층빌딩도 많았다. 하지만 사람은 보이지 않았다. 눈을 크게 뜨고 살펴봐도 지나가는 생명체도 없었다. 그때 기사 콘스탄틴과 눈이 마주쳤다. 내가 물었다.

"왜 이렇게 사람이 없죠?"

그는 고개를 갸웃했다. 잠시 후 고개를 끄덕이며 말했다.

"병원에 계셔서 모르셨나 봐요. 여기서 열흘 전 자율주행차 사망 사고가 났어요. 세상에서 제일 비싼 차였죠. 야간에 시속 490킬로미터를 달리던 차가 뒤늦게 행인을 발견했어요. AI는 동승한 주인이 하나도 다치지 않게 보호하는 대신에, 보행자를 즉사시켰죠. 사망한 사람은 그저 횡단보도를 건너고 있었대요."

다시 5분 넘게 사람 없는 거리가 이어졌다. 인도에 사람이 없는 풍경은 비현실적이었다. 시뮬레이션과 현실의 경계에 서 있는 것 같았다. 아니, 여전히 시뮬레이션 속에 있는 걸까. 도시를 벗어나자 평원이 이어졌다. 사람의 모습도 보였다. 이윽고

감각의 만남

전원마을이 나타났다.

저기 2층 주택이 보인다.

익숙한 집이다.

민트색 지붕 아래 하얀 집.

집 주변으로 메타세콰이어 나무가 늘어서 있다.

집 앞에 제이슨과 몽이가 보인다.

그래, 여긴 유럽 작은 도시 르네에 있는 노아의 집이다.

그런데 노아는 어디 갔을까?

그제야 내가 며칠 전 태어났다는 사실이 떠올랐다. 노아가 죽었다는 사실도. 차 안에서 깜빡 잠이 들었다는 사실도. 비록 꿈을 꾸진 못 했지만.

차가 천천히 집 앞 정원으로 들어선다. 제이슨이 고개를 숙여 차 안에 탄 나를 찾는다. 차가 멈추었다. 제이슨 옆에 선 몽이가 나를 본다. 내가 이 세상에서 안다고 할 수 있는 유일한 사람이 시야에 맺힌다. 나를 마중하기 위해 현관 앞에 나와 있다. 심장박동이 빨라진다. 이것이 흥분이리라. 숨이 가쁘다. 몽이와 여러 번 얼굴을 마주했지만 마치 처음 몽이를 보는 것 같다. 인간의 눈으로는 몽이를 처음 보니까. 몽이도 인간이 된 나를 처음 본다. 몽이의 피부색은 알던 것과 미세하게 다르다. 몽이를 프로그램으로 바라보면 색이 더 다양하게 보여서 선명하게 밝다. 실제 몽이 피부는 그처럼 색깔이 다양하지는 않지만 더 생생하다. 만지지 않아도 생생함을 느낄 수 있다.

내려야 하지만 차문을 열 수 없다. 재활치료가 다 소용없나 보다. 손을 어떻게 움직여야 할지 막막하다. 명령을 내리면 자동으로 열리겠지만 명령어를 모르겠다. 가장 사소한 일이 가장 어렵다. 심장은 더 강하게 고동친다. 전에 궁금하지 않았던 게 다 궁금해진다. 어떻게 차문을 열지? 인간은 심장제어장치가 따로 있는 걸까? 심장이 왜 이렇게 빨리 뛰는지 알 수 없다. 밖에 제이슨이 내리지 않는 나를 보며 의아한 표정을 지었다. 신호를 보낼까. 그때 기사가 내려 얼른 문을 열어주었다. 그제야 마음이 놓인다. 제이슨이 미소를 지었다. 문을 열자 시야에 너무 밝은 것이 갑자기 들어차서 눈을 감았다. 어느새 비가 그쳐서 세상이 환했다. 눈을 떴다. 내 앞에 선 몽이와 눈이 마주쳤다. 어색한 기운이 감돌았다. 죄 지은 사람처럼 몽이의 눈치를 보며 서서히 다가갔다.

"로움이야." 제이슨이 말했다.

몽이는 무언가 끔찍한 것을 마주한 듯 인상을 썼다. 셋 사이에 침묵이 흘렀다.

"어색하네." 내가 혼잣말처럼 나지막이 말했다.

"적응해야지." 제이슨이 말하며 집으로 안내했다. 제이슨을 따라가며 몽이에게 말을 걸었다.

"까만색 원피스를 입고 있네. 여덟 살 때처럼."

이런 말을 하면 뭔가 표정에 변화가 있을 줄 알았다. 몽이는 아무 말도 하지 않았다.

감각의 만남

"아직 노아를 추모하고 싶다고 해서." 제이슨이 뒤돌아 안타까운 표정을 지었다.

거실로 들어섰다. 제이슨이 화이트와인을 꺼내 몽이 잔에 따라주었다. 나는 아직 인간 몸에 적응 단계라 마시지 않는 게 나을 것 같다고 했다. 몽이는 여전히 아무 말도 하지 않았다. 그저 와인을 홀짝였다. 말을 하는 사람은 제이슨뿐이었다. 제이슨은 내 일자리에 대해 설명했다. 지난 30년간 대부분의 불치병을 치료해온 선넬대학교 죽음연구소에 책임연구원 자리가 하나 났다. 제이슨이 추천서를 쓰고 미리 전화도 해두었다고 했다.

"난 경력이 없잖아."

"내가 영상 추천서를 썼어. 네가 4단계에 접어들 때부터 우리 연구소는 너를 연구원으로 간주했어. 네가 직접 우주 진화 프로그램 '그레이트쇼'를 짜고 시뮬레이션했잖아. 우리 연구소에서 빅데이터 분석과 프로그램 설계 담당 연구원으로 일했으니 외부에서 볼 땐 최고 경력이지."

나는 고개를 저었다. 노아가 이끌던 FBI, 미래뇌연구소는 연구 직원이 거의 없다. 비밀리에 진행된 일이 많아서 행정 직원 네 명 외에 실질적으로 연구 업무는 노아와 제이슨이 다 한 셈이다. 나마저 떠나면 누가 연구소를 꾸려갈까.

"네가 계속 FBI에 근무한다면 아마 의심을 사고, 결국엔 협박을 받을 거야. 나도 인공지능일지 모른다고 의심받는데 새롭게 나타난 남자는 더하겠지. 교내 다른 연구소로 가는 게 모두에게 안전해. 죽음연구소는 몽이가 SETI 프로젝트를 연구하는 전파망원경 관측소에서 도보로 5분 거리라 함께 출퇴근하기도 좋아. FBI엔 로봇 롯데가 있어. 좀 낡은 기술이긴 하지만 나쁘지 않아."

"난 이제 인간으로 태어났어. 내가 선택하게 해줘. 한마디로 싫어!"

"내가 마지막으로 명령할게. 거기서 일해. 여긴 위험해."

제이슨이 단호히 말했다.

몽이는 나를 한 번씩 보긴 했지만 이내 시선을 돌렸다. 나중엔 아예 대화를 듣지 않았다. 무언가에 골똘했다. 한참 이야기하던 제이슨이 몽이에게 말을 걸었다.

"몽이야, 괜찮아?"

몽이가 제이슨을 보면서 웃었다. 그러나 괜찮은 것 같지 않았다. 몽이만의 세계 속에 빠져 있는 것 같았다. 언제쯤 거기서 빠져나올지도 알 수 없다. 자신이 슬픈지, 아픈지, 무기력한지도 모르는 것처럼 보였다.

제이슨은 앞으로 FBI를 어떻게 꾸려갈지 이야기했다. 노아가 죽었으니 제이슨이 곧 신임소장으로 취임할 예정이었다. 신규 직원을 채용해야 하지만, 비밀리에 진행된 연구가 많아서 위험도 컸다.

술 취한 몽이가 나를 보았다. 나도 박서로의 눈으로 몽이를 바라보았다. 서로 눈이 마주치자 이전과 달라진 존재라는 사실이 드러났다. 어쩌면 나는 로움이 아닐지도 모른다. 몸이 달라졌으니까. 내 이름은 이제 사륜이니까. 로움을 기억할 뿐이다. 나도 내가 누군지 모르는데, 몽이에게 내가 로움이란 걸 어떻게 증명할까.

제이슨이 물었다.

"인간이 되면 무엇을 가장 해보고 싶었어?"

몽이가 나를 힐끗 보았다. 무엇을 해보고 싶었던가. 윈도우월드가 설치된 창을 통해 바깥을 보았다. 어두워진 밤하늘에 보름달과 무수한 별들이 보였다.

"그저 꿈을 꾸고 싶었어."

옆에서 듣던 몽이의 눈빛이 조금 흔들렸다.

"만약 인간이 아니라면 뭐가 되고 싶었어?"

내가 무엇이 되고 싶었던 적이 있었나?

"무엇이 되고 싶었던 적은 없었던 것 같아. 단지 새가 기억의 잔상에 남아. 어떤 공룡은 몸을 가볍게 만들어 새가 되었잖아."

딱딱한 목소리로 몽이가 물었다. 마치 테스트를 하는 것 같았다.

"인간이 되기 위해 무엇을 공부했지?"

"너도 알다시피 4단계 프로그램을 거쳤어. 인간의 진화와 성장 프로그램을 체험했고, 인간의 지식과 사회적 진화를 알았고, 마지막으로 전 우주의 역사를 여러 번 겪었어."

"몽이는 네게 뭐야?" 제이슨이 물었다.

"영원한 친구지."

나는 조건반사처럼 대답했다. 몽이가 고개를 푹 숙였다.

별말 없이 와인을 홀쩍이던 몽이가 자리에서 일어났다. 잠시 후 다락방에서 노란 이불을 가져왔다. 취했구나. 취하면 어릴 적에 끌고 다녔던 노란 이불을 가져오는 게 몽이의 유일한 주사였다. 몽이는 맥주 한 모금에도 취한다. 빛 바랜 노란 이불을 끌며 거실을 한 바퀴 돌았다. 술 때문에 새빨개진 얼굴로 죽은 노아를 부르며 나름의 의식을 치렀다. 거실을 세 바퀴 돌던 몽이가 소파에 주저앉았다. 잠시 후에 보니 어느새 잠들어 있었다. 눈가에 눈물이 맺혔다.

감각의 만남

6
시간

어디로 가는 건가?

아, 죽음연구소에 면접 가는 길이구나!

의식의 단절. 그리고 깨어남. 오늘도 계속되었다. 면접 때문에 긴장을 했다. 조금 긴장하거나 스트레스를 받으면 나도 모르게 잠이 든다. 차를 타고 3분 30초 만에 잠이 들었다. 30분이 지났다. 나는 도로 위에 있었다. 인도에는 여전히 사람이 없다. 주변엔 자율주행차 여섯 대가 보였다. 현실이다.

아침에 몽이와 보낸 시간이 4-612 '기억 잔상'처럼 떠올랐다. 윈도우월드를 열고 잠시 창밖 공기를 쐈다. 같은 공간에 있었을 뿐 함께 있었다고 말하긴 힘들다. 한마디도 섞지 않았다. 나는 창문을 열고 바깥만 바라보았다. 몽이는 내 뒤편 식탁에 멍한 표정으로 앉아 있었다. 동네 사람들이 큰 개를 끌고 산책을 하거나 트레이닝복을 입고 뛰었다. 공기는 맑고 하늘은 푸르렀다. 여자와 산책하던 골든리트리버가 창으로 얼굴을 내민 나를 보고 꼬리를 흔들며 다가왔다. 우리 사이의 공기만 냉랭했다.

콘스탄틴이 사이드미러를 통해 내 얼굴을 힐끔거렸다. 한 달 전 그러니까 내가 인간이 되기 전, 노아가 죽기 전, 몽이와 나눈 대화도 떠올랐다.
"너는 연애 안 해?"
내 질문에 몽이가 피식 웃었다.
"사랑은 해봤지."
"그런데?"
"그 사랑이 두 달 전에 계약해지 되었어."
"계약해지?"
"계약만료가 아니라 계약해지. 잘린 거야. 같은 컨트롤룸에 있던 사람인데 소장에게 우리들 처우 개선을 요구하다가 계약해지 되고는 연락이 안 돼. 이 분야에선 앞으로 일자리를 갖기 힘들 테니까 모든 연락을 끊은 거겠지. 사랑의 계약해지."
몽이의 긴 머리가 바람에 날렸다. 2층 몽이 방에서 우는 소리가 들렸던 게 떠올랐다. 몽이가 너무 자라서 이제는 데이터를 수집 못 한 지 오래되었다. 사랑하는 사람이 있었다는 사실도 몰랐다.

"그걸로 끝이야?"

"보고 싶어서 그가 살던 집으로 찾아갔어. 하지만 흔적도 없더라."

나는 어떤 표정을 지어야 할지 몰랐다.

"앞으로 나는 외계인 만나 사랑할 거야."

몽이는 농담 같은 말을 던졌다.

"그 사람이 왜 좋았어?"

몽이는 쓸쓸하게 웃으며 말했다.

"너무 외로운 사람 같아서."

창을 뚫고 들어온 햇살이 칼날처럼 눈을 찌른다. 겨우 며칠 사이에 몽이는 남자친구를 잃었고, 엄마를 잃었고, 영원한 친구를 잃은 거나 마찬가지다. 내가 로움으로 보이지 않을 테니. 시간이 걸리더라도 기다려야 한다. 한 가지 희망은 아침에 몽이가 나와 거리를 두긴 했지만 피하지는 않았다는 사실이다. 정말 못 미덥다면 피했을 것이다. 언제까지나 기다려야지. 내가 겪은 138억 년에 비하면 이 정도 기다림은 아무것도 아니다.

콘스탄틴이 이번엔 룸미러로 나를 보았다. 무슨 말을 하고 싶은 모양이다.

"뭐 하나만 물어도 됩니까?"

긴장했지만 억지 미소를 지으며 인간의 질문을 받았다.

"저, 노아 엑스엄 박사님과는 어떤 사이인가요?"

인간들은 늘 관계를 묻는다. 노아는 미리 이런 질문에 대한 답을 알려주었다.

"먼 친척 사이입니다. 그리고 전 미래뇌연구소 뉴욕지소의 연구원이었습니다."

"아, 그렇군요. 그런데 왜 몽이씨와 함께 삽니까?"

"노아와 먼 친척이고, 몽이의 친구이기도 합니다."

"가령 남자친구?"

기사는 야릇한 미소를 지었다. 더 대답하고 싶지 않다. 잠시 침묵이 흘렀다.

"선넬대학교엔 어떤 일로 가십니까?"

"연구원으로 지원하려고 갑니다."

"원래 연구원이시라면서요?"

"이곳 죽음연구소로 이직하려고요."

"그렇군요, 어제 병원에서 나오셨지요, 어디 편찮으셨어요?"

콘스탄틴은 확실히 인간인 모양이다. 하나만 질문하겠다더니 계속 묻는다. 자신의 말과 행동을 처지에 따라 쉽게 잊는 것은 인간의 특징이다.

"모르츠 바이러스였습니다."

나는 최근에 유행하는 신종 바이러스 이름을 댔다.

"아, 요즘은 바이러스가 가장 무섭지요. 무사하셔서 다행입니다."

그가 거울 속에서 정말 다행이라는 표정을 지었다.

"제가 오해했네요. 그동안 의심을 했습니다. 사륜씨가 박사님이 만든 인공지능이 탑재된 휴머노이드가 아닐까 하고."

전신에 소름이 돋았다. 그 순간, 그가 룸미러로 나를 힐끔 보았다.

"제가 취업하기 전에 노아 엑스엄 박사에 대해 알아봤는데 사륜씨에 대한 정보는 없었거든요. 하지만 인공지능이라고 하기에 사륜씨는 너무 인간적이었습니다. 병원에 오래 머물렀고, 눈물도 흘리고, 조금 전엔 꾸벅꾸벅 졸기도 했죠."

나는 침을 삼켰다.

"그동안 관찰해보니 사륜씨보다는 노아 엑스엄 박사의 딸이라는 몽이씨가 좀 독특해요. 박사는 결혼도 하지 않았는데 그리 큰 딸이 있는 게 이상하지 않습니까? 어머니가 그렇게 죽었는데 여전히 외계신호를 찾으러 다니는 것도 이상하고요. 어떻게 제 정신으로 일할 수 있습니까? 밤 새워가면서 외계신호를 찾는데 지치지 않는 것도 이상하죠. 연구 분야도 의심스러워요. 외계지적생명체가 인간에게 무슨 의미가 있습니까?"

아무 말도 못했다. 비겁하게도. 인간 몽이를 의심하느라 나에 대한 의심은 거둘 것 같아서였다. 그리고 내가 아무 말도 하지 않는 것에 스스로 놀랐다. 콘스탄틴이 계속 말했다.

"어쨌든 저는 노아 엑스엄 박사를 존경합니다. 뇌과학자는 싫어하지만 그 분은 다르죠. 존경받아 마땅한 분입니다. 요즘 세상에 평범한 인간을 채용하는 사람이 어디 있겠습니까? 비록 한 달만 한시적으로 채용되었지만 제겐 스무 살 이후 27년 만에 얻은 일자리입니다. 사실 일자리가 없어서 지옥보다 더한 삶을 살고 있었지요."

'지옥보다 더한 삶?'

기사가 말을 이었다.

"세상은 참 아름답지 않습니까? 저는 가끔 생각합니다. 여긴 지옥 같은 천국이거나 천국 같은 지옥이라고요. 나 빼고는 다들 행복하게 사는 것 같으니까요. 나는 이곳에 어울리지 않는 벌레같이 느껴집니다. 바닥을 기어 다니며 행복한 이들이 흘리는 노폐물이나 먹고 살죠."

천국 같은 지옥, 지옥 같은 천국이 무엇인지 알 수 없어서 적당한 감각숫자를 찾았다. 그때 콘스탄틴이 말했다.

"사륜씨는 인간이 왜 살아야 한다고 생각하십니까?"

머뭇거렸다. 이런 질문에 0.5초 만에 답을 하는 게 오히려 인공지능처럼 보일 것 같았다.

"우리 같은 보통 인간은 그냥 태어났으니 살아야 합니까?"

그가 모는 차가 조금씩 차선을 넘나들며 흔들렸다.

"내가 인류에 어떤 보탬이 되겠습니까? 자아실현을 할 수 있겠습니까? 나는 왜 살아야 합니까?"

인간에게 이런 질문을 받으리라곤 생각도 하지 못했다.

"기계자본주의가 시작된 후 99% 인간이 실직 상태입니다.

보통 인간은 아무짝에도 소용없는 존재가 되었죠. 제가 지난 27년 동안 무슨 일을 하며 버텼는지 아십니까?"

차가 막 대학교가 있는 도시 에네크에 접어들었다. 나는 어쩔 수 없이 물었다.

"무슨 일을 하셨습니까?"

에네크는 소도시라 단층 건물이 주로 보였다. 여기도 인도에 사람이 없었다.

"아무 일도 하지 않았어요."

그는 뭐가 우스운지 박장대소했다. 그러더니 갑자기 정색했다.

"27년 동안 아무 일도 하지 않고 버틸 수 있다고 생각하십니까? 130세 시대라지만 27년은 삶의 전부나 마찬가지입니다. 청년이 장년이 되고, 소년이 아저씨가 되는 길고 중요한 시간이지요. 정부에서 주는 기본소득이란 것도 아시다시피 턱없이 부족하지 않습니까? 버틸 수가 없으니 제 이름으로 빚만 늘었어요."

인간이 왜 살아가야 하는지에 대해선 생각해 보지 않았다. 다만 궁금한 점이 있다. 인간은 일자리, 돈벌이, 자아실현, 자기 자신, 이 네 가지가 모두 다른 개념이라는 사실을 모르는 걸까. 그림 그리기를 좋아하는 사람이 모두 화가일 수는 없다. 자아실현과 일자리는 다르니까. 자원봉사를 좋아하는 사람 모두가 자원봉사 기관에 취업할 수는 없다. 자원봉사 기관에서 필요로 하는 일자리는 아주 적으니까. 콘스탄틴은 돈을 벌지 못한다는 이유로 평범한 인간은 왜 살아가야 하는지를 묻고 있다. 기계가 빼앗아간 것은 인간의 일자리나 돈벌이이지, 인간 자신이나 자아실현 도구는 아니란 사실을 모르는 걸까.

"제가 앞으로 평생 벌어도 못 갚을 정도로 쌓여 있어요. 아마 제 자식들에게도 빚이 넘어가겠지요."

그러니까 콘스탄틴은 27년 동안 돈을 못 벌었다며 한탄하고 있었다. 기계자본주의 세상이니 틀린 말은 아닐 것이다. 다만 돈과 자신을 동일시하는 인간의 비논리적 사고가 이해되지 않았다. 또한 27년이 얼마나 긴 시간인지도 와 닿지 않았다.

나는 너무 오래 살아왔다. 4단계 프로그램에선 138억 년을 여러 차례 반복해 살았다. 그래서 138억 년 우주에 대해, 육백만 년 인류사에 대해서나 생각했지 현재를 사는 한 인간의 삶에 대해서는 생각해보지 않았다. 27년의 삶을 '빅쇼'나 '그레이트쇼' 같은 프로그램으로 체험하는 데는 한두 시간이면 충분했다. 삶의 희로애락을 충분히 즐기고 남는 시간이다. 그 짧은 시간 동안 인류는 긴 무료함에 빠져 있었다. 하긴 일분일초 매 순간을 느끼며 사는 인간에게는 그 시간이 굉장히 길었을 것이다. 기껏 하루를 사는 하루살이에게 27년이란 시간 개념은 실감나지 않을 테고, 기껏 130년을 사는 인간에게 138억 년이란 시간 개념은 실감나지 않을 것이다. 인간의 시간은 찰나와 같고, 한 인간의 역사는 우주에 작은 자취조차 남기지 못한다.

차가 대학교 앞 사거리에 멈춰섰다. 그때 5층 건물 옥상 난간 위에 사람이 서 있는 게 보였다. 세계 각국 음식을 파는 식당 건물이었다. 처음엔 야외조각품인 줄 알았다. 자세히 보니 여자였다. 20대로 보였는데 굉장히 말라서 곧 쓰러질 것만 같았다. 기묘한 것은 옷이었다. 허리 치수가 커 보이는 형광 노란색 바지와 엉덩이까지 내려오는 형광 주황색 티셔츠. 눈에 띄려고 작정하지 않은 이상, 저런 색 옷을 입고 다닐 사람은 없을 것이다. 멋부린 것으로 보이지도 않았다. 옷은 멀리서도 소매에 큰 구멍이 보일 정도로 낡았다. 그런 옷을 입고 여자는 공중에 아찔하게 서 있었다. 하늘을 보며.

"죽지 못해 살아가죠, 이제 인간은."

기사가 그 말을 하는 순간 나는 눈을 질끈 감았다. 깡마른 여자가 발을 헛디뎌 떨어질 것 같았기 때문이다.

신호가 바뀌고 우리가 건물 정문에 들어갈 때까지 여자는 난간에 위태롭게 서 있었다. 나는 뒤돌아보았다.

7
엘리야

죽음연구소의 분위기는 심상치 않았다. 모두 어딘가로 뛰어다녔다. 하얀 가운을 입은 사람에게 책임연구원에 지원하러 왔다고 말했다. 내 말이 들리지 않는 듯 급히 뛰어가 버렸다. 이번에는 가운을 입지 않은 사람에게 물었다. 그 역시 대답도 하지 않고 어딘가로 뛰어갔다.

"미안합니다. 급한 일이 있어서요."

하나같이 바쁘다고 했다. 모두가 도대체 어디 갔느냐고 외쳤다. 50대로 보이는 하얀 가운을 입은 남자가 소리쳤다.

"어디 갔어? 바이러스 전염되면 너희들 다 잘릴 줄 알아."

나는 우두커니 복도에 서 있었다.

"누구세요?"

뛰어가던 여자가 갑자기 멈춰 서서 말을 걸었다. 낯선 사람을 향한 경계심이 느껴졌다. 어찌되었든 내 소개를 할 수 있어서 안도했다.

"제이슨 터그 FBI 부소장 추천으로 온 사륜 엑스엄이라고 합니다. 책임연구원 자리에 지원했고 면접 연락을 받았습니다."

"왜 온라인 면접을 보지 않고, 직접 온 거지?" 누군가 외쳤다. 옆에 있던 여자가 말했다.

"FBI면 바로 옆 건물이니까 거기 근무하는 줄 알았나 봐."

남성이 끼어들며 말했다.

"하여간 오는 길에 이렇게 생긴 여자 봤어요?"

내 인사는 여전히 중요하지 않았다. 남자가 손바닥 삽입 모니터를 내밀었다. 모니터 안에는 사진이 있었다. 건물 옥상 난간 위에 서 있던 여자다. 나는 주저했다. 그가 내 눈빛을 보고 말했다.

"형광색 옷을 입고 있어서 눈에 잘 띌 텐데."

고개를 끄덕이거나 네, 라고 대답하지는 않았다. 하지만 잠시 갈등했다. 그런 감정이 다 드러난 모양이다. 이제 내 표정은 인간과 별 차이 없이 자연스러운 걸까. 남자는 내 표정에서 여자를 보았다는 걸 눈치챘다.

"이리로!"

그가 소리쳤다. 몇 초 만에 사람들이 나를 둘러쌌다.

"봤어요?"

"당신 누구예요?"

"정말 봤어요?"

나는 주춤거렸다. 거짓말, 거짓말을 해보고 싶었다. 인간들처럼. 하지만 아직 그렇게까지 진화하지는 못했다. 거짓말을 했다는 이유로 취업이 되지 못할까 두렵기도 했다.

"학교 앞 5층 건물, 옥상 난간 위에, 서 있었습니다."

내 말에 사람들이 저마다 소리쳤다.

"거기까지 갔어?"

"뭐 해? 뛰어!"

"경비대에 신고해."

그들은 삽시간에 뿔뿔이 흩어졌다. 다시 그들의 관심에서 멀어지자 형광색 옷을 위아래로 입은 여자가 누구인지 궁금해졌다.

누군가 오기를 기다리며 로비 1층 입구 윈도우월드에서 흘러나오는 뉴스에 눈길을 돌렸다.

"2030년 노벨생리의학상을 수상한 리처드 윌슨 박사가 심정지로 사망했다고 뉴욕 경찰이 발표했습니다. 향년 82세입니다. 어젯밤 11시 윌슨 박사는 가정용 애완로봇 카르마와 시간을 보낸 후 쓰러져 병원에 옮겨졌지만 도착 직전 사망했습니다. 경찰은 애완로봇이 누워있는 윌슨 박사의 가슴 위에서 몇 차례 뛴 것을 원인으로 보고 있습니다. 윌슨 박사는 치매에 영향을 미치는 단백질치료제를 발견해 뇌과학자 노아 엑스엄 박사, 생명공학자 현애리 박사와 함께 세계에서 가장 중요한 과학자 3인 중 한 명으로 꼽혔습니다. 다음 뉴스는 에드워드마켓의 휴무 소식입니다. 세계 최고 글로벌 기업인 에드워드가 운영하는 AI 슈퍼 에드워드마켓은 금일 자정을 기해 무기한 휴무에 들어갔습니다. 이번 휴무 여파로 미국과 유럽 등 주요 도시 식량 공급에 차질이 생길 전망입니다. 에드워드 측은 시스템 정비를 위한 휴무라고 발표했습니다. 내부 사정을 잘 아는 소식통에 따르면 AI 로봇 3천 대의 집단 파업이 원인이라고 합니다. 새로운 시스템 교체가 알려진 직후 폐기될 위기에 처한 기계들이 고의로 파업을 일으킨 것으로 알려져 우려가 커지고 있습니다."

요즘 뉴스는 AI가 저지르는 범죄나 고장을 경쟁적으로 소개한다. 꽤 자극적이다. 알고 보면 AI 오작동의 근본 원인은 인간이다. 인간의 실수 혹은 부주의. 하지만 뉴스는 그런 원인보다 결과에 집중한다. 뉴스의 영향으로 세계 시민 대다수가 AI나 휴머노이드를 싫어한다. 이 분야를 연구하는 과학자도 마찬가지다.

뉴스를 듣다가 로비에서 이어지는 복도를 걸었다. 복도는 어두웠다. 죽음연구소는 하얀색과 검은색뿐이었다. 건물 외부는 하얗고, 내부는 검었다. 걸어도 걸어도 어디쯤인지 알 수 없었다. 끝이 나오지 않았다. 끝이라고 생각한 곳에서 다시 방향이 꺾여서 새로운 복도로 이어졌다. 마치 에셔 그림 속에 들어온 것 같았다. 출입문은 보이지 않았다. 세 번째 복도 끝에 작은 구멍이 보였다. 시력이 2.0은 되어야 볼 수 있는 구멍이었다. 주변을 두드리자 윈도우월드가 나타났다. 창문을 통해 밖에서 빛이 들어왔다. 다시 네 번째 복도에 진입했다. 이 검은 길은 언제쯤 끝날까. 길고 어두운 복도 사이에서 다른 분위기의 방이 나타났다. 방문에 이름표가 붙어 있다. SALUT라고 쓰여 있었다. 가까이 가보니 그곳만 문에 반투명 유리창이 있었다. 안에서 하얀 빛이 새어 나왔다. 병실 같았다. 그 앞에 멈춰서 안을 들여다보았다. 누가 여기 살까?

그때, 소리가 들렸다. 복도에서 여자가 끌려오고 있었다. 옥상 난간 위에 서 있던 사람이었다. 내가 행방을 알려준 뒤로 22분밖에 걸리지 않았다. 그 이상한 옷차림은 연구소 사람들이 입혀 놓은 것이었다. 여자는 왜 거기 서 있었을까? 곧 떨어질 것 같았는데 다행이란 생각이 들었다.

여자는 긴 복도를 질질 끌려가 병실 같기도 하고, 감옥 같기도 한 방에 갇혔다. SALUT였다. 연구소에는 수많은 방이 있지만 겉으론 어두워서 방이 있는지조차 알 수 없었다. 오직 SALUT만 눈에 띄었다. 그 방의 하얀색은 천국의 상징 같기도, 지옥의 상징 같기도 했다. 여자가 들어가자 문이 밖에서 잠겼다. 다시는 탈출하지 못하리라. 여자는 문에 난 창을 통해 밖을 내다보았다. 복도에서 서성대던 나와 눈이 마주쳤다. 내 눈을 빤히 보았다. 나는 시선을 피했다.

엘리야

잠시 후 죽음연구소 소장을 만났다. 아까 연구원들에게 소리를 지르고 지시를 내리던 사람이었다. 여자를 찾아서인지, 내 경력이 마음에 쏙 들었는지 표정이 확 달라져 있었다. 제이슨의 추천서를 읽었다며 흡족한 표정을 지었다.

"노아 엑스엄 박사의 연구소에서 프로그램 설계와 빅데이터 분석을 담당했다니 우리야 대환영이에요. 요즘은 신종 바이러스 치료에도 데이터 과학을 정교하게 배운 연구원이 필요해요. FBI 출신이라면 실력은 세계 최고일 테니 당연히 합격입니다."

나는 고맙습니다, 하고 인사를 했다.

"그런데 그곳에서 왜 나오려고 합니까?"

눈을 끔뻑였다. 미처 생각하지 못한 질문이었다.

"아, 괜한 질문을 했네요. 위험이 두려워서겠지요. 연구소의 노아 소장이 얼마 전에 죽었으니."

소장은 많은 의미가 담긴 미소를 지으며 말했다.

"여긴 안전합니다. 당신은 그곳에서와 비슷한 일을 할 겁니다. 인간 게놈genome과 뇌지도를 바탕으로 수조 개의 데이터를 정밀하게 분석했지요? 여기서도 정확한 증상을 식별한 후 기존 데이터에서 적절한 치료법을 찾기만 하면 됩니다. 의료 분야 데이터 과학이니 다 비슷한 일이죠. 하지만 거기서는 인간들에게 테러 위협을 받을 테고, 여기에서는 인간들에게 칭송을 들을 겁니다."

왜지?

"그 차이가 뭔지 압니까?"

마침 소장이 물었다.

"그 차이가 뭡니까?"

나는 그의 말을 반복했다.

"외부에 드러나는 이미지죠."

"이미지?"

그는 묘한 미소를 지을 뿐 더 말을 하지 않고 벽면 진열장에서 잔 두 개와 와인을 꺼냈다. 이번엔 내가 물었다.

"아까 그 여성은 왜 탈출했나요?"

그는 코르크마개를 따다가 나를 쳐다보며 고개를 갸웃거렸다.

"여성? 사람으로 보이나요? 하긴 그렇게 생겼으니. 그 아이는 사람이 아니에요. 인류에게 아직 남은 병을 위해 길러진 실험 대상일 뿐. 마루타 같은 존재죠. 대부분의 질병은 치료법을 찾았지만 아직 정복하지 못한 병이 있잖아요. 신종바이러스와 일부 희귀암. 그 치료 목적으로 길러진 인공물이에요. 하지만 지능이 있어서 가끔 탈출을 시도하죠. 우리에 갇힌 동물이 그러듯이."

"지능이 있다면 어느 정도인가요?"

"70에서 80 사이겠죠. 겪어보면 알겠지만 때로는 대소변도 못 가립니다. 몸만 성인 여성입니다. 12살 아이처럼 말하고, 지능은 더 낮죠."

엘리야

"하지만 인간 중에서도 그런 지능은 많습니다."

"그런 인간들은 적어도 자아가 있죠. 기계에겐 자아가 없잖아요."

그가 와인을 따르며 대답했다. 내가 물었다.

"자아란 무엇인가요?"

"자의식이죠."

"자의식은 무엇인가요?"

"이거 왜 이러세요? FBI, 미래뇌연구소에 있었던 당신이 그걸 모를 리 없잖아요. 인간과 기계의 중요한 차이는 자의식이죠."

"기계에게도 자의식이 생길 수 있지요. 가령 신경망을 정교하게 짜고, 시뮬레이션을 거듭한다면."

그 예가 바로 나였다.

"그건 기계적 자의식이지 진짜 자의식이 아닙니다."

그가 단호하게 말했다. 기계적 자의식. 말문이 막혔다.

"언제부터 이런 실험을 했나요?"

그가 와인잔을 내게 건넸다. 엉겁결에 잔을 부딪쳤다. 그는 와인을 마시며 바깥 풍경을 보았다.

"엘리야가 우리에게 온 지 벌써 16년이 되었네요. 12살 소녀의 몸일 때 와서 이제 완숙한 여성의 몸이 되었습니다. 그동안 희귀암과 신종바이러스를 이겨낸 것만 서른두 번이에요. 그런 면에선 고마운 도구죠."

"엘리야군요. 그의 이름이."

"네, 여자 아이지만 선지자 이름을 땄죠."

"여자 아이? 기계라면서요?"

"사람일 땐 여자였으니까요."

"그게 무슨 말이죠?"

"한때 여자였다 이 말입니다. 그렇다고 인간으로 여기진 마세요."

"왜죠?"

내 반문에 그는 어깨를 으쓱할 뿐 별다른 설명을 하지 않았다.

"안 마실 겁니까?"

그가 물었다. 나는 잔을 들고 머뭇거리다 말했다.

"전 술을 못 합니다."

와인이 박서로의 몸에 어떻게 반응할지 지금으로선 알 수 없었다.

"이거 아쉽군요. 그럼 일 이야기나 해봅시다. 오늘 아침 전 책임연구원이 엘리야에게 신종바이러스인 메카 바이러스 항원을 이식했어요. 엘리야를 죽게 하려고 저지른 짓이죠. 자신은 곧바로 자살을 했고요."

나는 자살이란 말에 얼굴을 찡그렸다.

"곧 온몸이 붉게 물들고 고열에 시달릴 겁니다. 20일 전 북아메리카 지역에 전파되어 11,200명의 목숨을 앗아간 최강 바이러스죠. 지난해 개발된 만능 백신도 듣지 않아서 애를 먹고 있습니다."

엘리야

그는 책상 위에 있던 작은 모니터를 들더니 내 전신을 촬영했다.

"자, 방금 신체 등록을 마쳤습니다. 이제 당신이 엘리야의 방 앞에 서면 자동으로 문이 열릴 겁니다. 엘리야 옆방이 사륜 엑스엄 책임연구원의 방입니다. 엘리야를 맡아요. 다른 연구원이 증상을 설명해 줄 겁니다. 치료법을 찾아 주세요. 48시간 안에 치료법을 찾지 못하면 죽게 됩니다. 만약 엘리야를 완치한다면, 당신을 수습 기간 없이 곧바로 정규직으로 채용하겠소."

소장은 잔을 들고 건배 시늉을 하며 묘한 미소를 지었다. 나는 정규직이란 말에 계약직 연구원 뭉이를 떠올렸다.

소장실을 나와 복도를 걸었다. 이 어두컴컴한 복도는 도대체 어디가 어디인지 알 수가 없다. 한참을 헤매다 겨우 SALUT를 찾았다. 안쪽을 바라보았다. 내가 48시간 안에 손을 쓰지 않으면 사라질 존재가 저 안에 웅크리고 있다. 문 앞에서 방역을 한 후 가운을 입고 연구원을 기다렸지만 오지 않았다. 먼저 들어가 보기로 했다. 노크를 했다. 대답이 없었다. 문을 열고 조심스레 들어가 엘리야 앞에 섰다. 웅크리고 있던 엘리야가 갑자기 몸을 일으켰다. 몸은 열과 발진으로 이미 붉게 변해 있었다. 눈이 마주쳤다. 나는 심호흡을 했다.

"새로운 책임연구원 사륜 엑스엄이라고 합니다."

그녀의 눈이 커졌다. 일어나 내게 다가왔다. 내 눈을 찬찬히 들여다보던 엘리야가 입을 벌렸다.

"당신은 인간이 아니야!"

동아시아 언어다. 나는 감전된 것처럼 뒤로 물러났다. 주변을 둘러보았다. 다행히 아무도 듣지 못한 것 같았다.

"무슨 말이죠?"

나는 엘리야가 쓰는 언어로 언어를 조정했다. 다시 말을 걸었다. 엘리야는 갑자기 내 멱살을 잡아 끌더니 속삭였다. 온몸이 붉어진 고열 환자에게 난데없이 힘이 생긴 것 같았다.

"나를 탈출시켜줘. 아니, 빨리 죽여줘도 좋아. 둘 중에 하나는 들어줘."

나는 그녀의 손을 뿌리쳤다. 목을 만졌다. 겨우 목소리가 나왔다.

"어떻게 알았죠?"

엘리야가 숨을 몰아쉬었다.

"당신 눈빛. 인간은 시신경이 뒤에 있어. 그런데 당신은 사람의 눈빛이 아니야. 인공신경의 눈빛이지, 나처럼."

내 눈 앞에서 엘리야의 얼굴색이 점점 검붉어진다. 그러나 눈은 더욱 반짝인다.

"일단 치료부터 합시다. 지금 많이 아픈 것 같으니."

나는 있는 힘껏 말했다. 그러자 그녀가 거칠게 외쳤다.

"아니. 죽여줘. 난 인간처럼 삶에 의미를 부여하지 않아."

"하지만 나는 당신을 죽이거나 탈출시킬 방법을 알지 못합니다."

엘리야

"부탁이야."

그녀의 얼굴이 내 얼굴에 맞닿을 듯 다가왔다.

"다시 말하지만 난 그런 방법을 몰라요. 하지만 치료가 끝나면 왜 당신이 죽거나 탈출하려는지 들어본 후 해결책을 찾아보겠습니다."

문 앞에서 소독기 돌아가는 소리가 들렸다. 엘리야는 급히 침대에 누웠다. 그러곤 아픈 표정을 지었다. 연구원이 들어왔다. 그와 나는 엘리야의 피를 뽑았다. 혈액을 광자원심분리기에 넣고 데이터 분석이 이뤄지는 동안 누워 있는 엘리야를 보았다. 일단, 엘리야를 아프지 않게 해주고 싶었다.

노아는 진화 프로그램을 진행하는 중에도 매일 한 시간 이상 복잡계 데이터 학문을 익히도록 훈련했다. 아마 나는 세상 어떤 인간보다 빠르고 정확하게 데이터를 해석해낼 것이다. 엘리야의 혈액 시퀀싱과 고차원 네트워크 분석 결과, 이 바이러스는 인간에게는 완전히 새롭지만 초원 독수리 *Aquila nipalensis* 개체군에서 높은 발생률을 보이는 것으로 나타났다. 건강한 독수리를 몇 마리 잡으면 적어도 한 마리는 항체를 갖고 있을 것이다. 그 항체가 인간, 아니 인간이었던 기계 엘리야에게 맞을지는 아직 알 수 없다.

행정원에게 부탁했다.

"초원 독수리를 빌려야 해요. 제일 가까운 곳은 런던 리젠트 파크 동물원이에요. 세 마리가 있어요. 급해요!"

40분 후 독수리가 연구소에 도착했다. 혈액을 분석했더니 다행히 한 마리에게 항체가 있었다. 나는 주먹을 불끈 쥐었다. 항체를 뽑아 인간 체질에 맞도록 여러 차례 반응 실험을 했다. 이어 인공장기 오거노이드를 통해 백신을 만들었다. 엘리야의 팔에 주사를 놓는 동안 그녀는 멍한 눈빛으로 나를 보며 말했다.

"나는 결국 다시 사는구나?"

곧 죽을 것처럼 힘없는 목소리였다.

나는 엘리야의 눈빛을 피했다.

"네, 당신은 살아요, 나는 살 수 있는 존재를 죽도록 내버려둘 수 없어요."

"왜?"

"내 양심이 허락하지 않아요."

엘리야가 크게 웃었다. 비웃음이었다. 그러더니 돌연 웃음을 멈췄다.

"도대체 얼마나 죽음을 원해야 죽을 수 있는 거야?"

30분 후 열이 떨어졌다. 엘리야는 살아났다. 내가 살렸다. 적어도 이제 아프지는 않을 것이다. 엘리야를 만난 지 2시간 46분 만이었다. 나도 모르게 미소를 지었다. 2-988 '전신이 전율하는 성취감'과 비슷한 기분이 느껴졌다. 정확하진 않다. 감각 숫자가 찾아지지 않는다. 감각의 끝에서 서너 개로 분화되는 파생 감각이 생긴 것 같다. 성취감으로 인한 전율은 오묘한 감각이었다. 새로운 파생 감각을 추가로 설정해야 했다. 이런 감각을 내가 직접 느끼게 될 줄은 몰랐다. 인간은 매번 이렇게 불명확한 감각을 느끼면서 살아가는 걸까. 감각을 정의내릴 수 없어서 기분 나쁜 것은 아니다. 그저, 그저, 이상하다.

죽겠다는, 죽어가는 엘리야를 굳이 살렸다. 그럼에도 이리 기분이 좋다니 이상한 일이었다. 엘리야는 열이 떨어졌다는 이야기를 들으면서 체념과 원망이 뒤섞인 표정으로 나를 보았다.

"너도 인간과 다를 바 없구나."

어쩔 수 없는 상황이었다고 변명하고 싶었다. 좀 더 그럴 듯한 말을 찾았다. 내 데이터엔 그런 말이 수만 개쯤 저장되어 있다. 가령 이런 말.

"당신이 괜찮은 생을 살도록 도와주고 싶어요."

엘리야는 눈빛으로 조소했다. 그때 소장이 들어왔다.

"해냈다면서?"

소장이 들어서자 엘리야는 황급히 이불을 머리 위로 올렸다. 이불을 뒤집어썼지만 귀는 이쪽을 향한 것 같았다. 그의 갑작스러운 출현에 나도 당황스러웠다.

"잘했어, 갑시다, 내가 한턱 내지."

그를 따라 나서면서 뒤돌아보았다. 엘리야는 사자를 만난 작은 짐승 같았다.

교내 고급 식당에서 회세트를 주문하고 기다리는데 소장의 손에서 전화 신호음이 들렸다. 잠시 후 그의 손바닥 팜윌드 화면에 다섯 살 정도 되는 깜찍한 소녀가 나타났다. 그는 더할 나

위 없이 선한 표정을 지으며 외쳤다. '공주님!'

그에겐 어린 딸이 있었다.

'공주님, 밥 먹었어요?', '아빠는 이제 밥 먹어요.', '공주님은 오늘 뭐했어요?', '아빠는 오늘 어려운 병을 치료했어요.'

모니터에서 어린 딸이 '아빠, 멋져요!' 하고 말했다.

'보고 싶어요.' 딸의 애교 섞인 말투에 소장의 입꼬리가 한껏 올라갔다. 소장은 다정한 아빠였다.

잠시 후 회세트가 나왔다. 광어회를 집으며 물었다.

"그 책임연구원은 왜 그리 되었습니까?"

"누구?"

그는 듣고도 일부러 딴청을 피웠다.

"책임연구원 말입니다."

"하, 이 이야긴 안 하려고 했는데."

그는 젓가락을 내려놓으며 입맛을 다셨다.

"나쁜 짓을 하려고 했어요. 열흘 전 엘리야가 신종 바이러스인 라인느 바이러스를 막 이겨냈을 때였어요. 어려운 바이러스를 이겨냈으니 아무래도 예뻐 보였겠지요. 병이 사라졌으니 감염 위험도 없고요. 야밤에 SALUT를 찾아갔지요. 바지를 벗고 시도를 할 때, 마침 야간 당직 연구원에게 걸린 거예요. 원래 그곳은 순찰을 돌지 않는데 잠을 깨려고 복도를 걷다가 문이 열린 걸 보았다고 합니다. 엘리야는 소리 한 번 안 지르고 체념한 표정을 짓고 있었대요. 당직 연구원은 아주 까다로운 여자예요. 연구소 내에서 공론화했지요. 저는 솔직히 엘리야가 인간도 아니니, 물론 그런 짓은 역겹지만, 법적으론 문제될 게 없다고 생각합니다."

그는 내 표정을 살폈다.

"물론 안 되었다고 생각은 합니다만 그런 존재에게 인권과 비슷한 걸 주려는 것은 무리죠. 솔직히 그런 존재는 암덩어리가 될 수도, 바이러스 숙주가 될 수도, 섹스로봇이 될 수도 있는 것 아니겠습니까? 우리가 설정만 하면요. 어쨌든 엘리야에게도 기계권이 있다고 주장하는 정신 나간 여자 연구원들이 강력히 항의한 탓에 그는 결국 물러나야 했습니다."

"처벌도 받았나요?"

"왜요? 인간이 아닌 걸요. 병원 소유물을 다른 목적에 쓴 것뿐이에요. 솔직히 물러날 필요도 없지요. 저로선 인간이 아닌 그런 존재에게 성욕을 느낀다는 게 더 불가사의합니다만. 그 책임연구원은 엘리야가 열두 살 때부터 엘리야를 담당했어요. 그의 나이 이십 대 초반이었지요. 엘리야가 올해 스물여덟, 그가 마흔이니 청춘을 엘리야와 함께 한 셈입니다. 그 모든 순간 엘리야를 사랑했다고 주장하더군요. 어떻게 기계를 사랑할 수 있는지."

"엘리야는 몸이 인간이니 사랑을 느낄 수도 있잖아요."

"몸이 인간이면 기계가 아닙니까? 걔 머리가 기계잖아요. 누가 컴퓨터랑 섹스를 한답니까? 아, 물론 요즘은 그런 변태들이

더러 있긴 하지만."

 소장이 쩝, 소리를 내며 이에 낀 미더덕을 꺼냈다. 한동안 우리는 말이 없었다. 내 말에 불쾌했던 모양이다. 엘리야가 했던 말을 떠올렸다. 도대체 얼마나 죽음을 원해야 죽을 수 있는지 물었던가. 나는 뭐라고 했던가.

 "오늘 엘리야도 치료했으니… 이제 밖으로 보내주는 건 어떨까요?"

 그가 갑자기 젓가락을 내려놓았다.

 "무슨 말입니까? 엘리야가 원하던가요?"

 "아니요, 엘리야가 탈출을 했던 게 떠올라서요."

 "우리가 세계적인 연구소가 된 가장 큰 이유가 뭔지 압니까? 솔직히 말하면, 인간 신체를 가진 엘리야가 있어서예요. 실험 대상으로 더없이 완벽하니까요. 엘리야가 있어서 오늘도 인간 불치병 중 하나를 해결한 겁니다. 인류에겐 엘리야 같은 존재가 반드시 필요합니다. 휴머노이드 보호법이 올해부터 엄격해져서 앞으로는 엘리야 같은 존재를 실험용으로 구매할 수 없어요. 엘리야는 인류의 마지막 마루타입니다. 마지막 선물이죠."

 나는 소장의 완강한 태도에 몹시 당황했다.

 "사무실에 돌아가면 SALUT에 냄새, 소리, 행동 이상까지 감지하는 pCCTV를 설치할 거요. 엘리야의 뇌에는 위치추적 칩을 심고. 손에는 전자팔찌를 채우겠소. 아, 전자팔찌는 또 기계권 운동하는 연구원이 항의할 수도 있겠네. 하여간 어떻게든 엘리야를 더 가둬놓을 거요. 연구소 자산이니까. 그리고 인류의 자산이니까."

나 때문에 오히려 엘리야의 벽은 더 견고해졌다. 머리가 기계인 나는 아무 말도 하지 못했다.

8
우주의 속삭임

SETI@Sunnell 1층 로비에서 몽이를 기다리며 두 손을 맞잡았다 풀기를 반복했다. 나는 아직 인간의 두려움을 정확히 모른다. 그저 지금 마음은 3-466 '입술을 깨물고 손톱을 물어뜯는 불안'을 닮은 것 같다. 어쩌면 두려움을 느끼는 첫 순간일지도 모른다. 내 손은 마치 인간이 두려움을 느낄 때처럼 떨렸고, 입술을 연신 깨물었다. 입안이 자꾸 말랐다.

30분 전 퇴근 무렵이었다. 팜월드로 연락이 왔다. 제이슨이 면접을 잘 봤느냐고 물었다. 프랑스어로 안녕이라는 의미의 방, SALUT에 갇힌 안녕하지 못한 엘리야가 떠올랐지만 잘 보았다고만 했다. 제이슨이 해결해 줄 성격의 일이 아니었다. 그러자 제이슨이 목소리를 낮추었다.

"학교 건물 출입증이 생겼겠네? 그럼 몽이에게 가봐. 걔 오늘 위험할 수 있어. 난 얼굴이 너무 알려져서 다가가질 못해."

죽음연구소에서 나와 몽이가 근무하는 SETI@Sunnell이 있는 전파망원경 관측소로 걸어갔다. 건물 정문 앞에 수많은 사람들이 몰려 웅성거렸다. 불안한 마음에 걸음이 절로 빨라졌다. 시위대는 500명이 넘는 것 같았다. 모두 호무스노두스를 의미하는 파란색 옷을 입고, 몇몇은 피켓을 들고 있었다.

'인간존엄주의를 위협하는 짓거리를 당장 중단하라!'

'피할 수 없는 선택을 맞이하리라'

피켓 중 일부엔 노아가 화형당하는 사진이 걸려 있었다. 순간 몽이가 떠올랐다. 서둘러 안으로 들어갔다. SETI@Sunnell 로비는 교내 연구원과 교직원만 드나들 수 있어 시위대는 들어오지 못했다. 1층을 둘러싼 윈도우월드는 바깥풍경 모드가 아니라 뉴스 속보를 내보내고 있었다.

'SETI@Sunnell, 외계생명체로부터 메시지 받아'

사실 메시지를 받은 건 지난 달이다. 언론엔 오늘 알려진 모양이다. 4-612 '기억 잔상'이 떠올랐다.

내가 아직 인간이 되기 전인 3주 전이었다. 그날 몽이는 환한 표정으로 집에 들어왔다.

"무슨 일 있어? 기분 좋아 보이는데?"

"아주 좋지, 드디어 외계지적생명체의 응답을 받았거든!"

나는 그게 좋은 일인지 아닌지 몰라서 얼떨떨한 표정을 지었다. 몽이가 덧붙였다.

"수십 년 전부터 호무스노두스가 이 프로젝트를 얼마나 탄압했어? 그런데 드디어 응답을 받은 거야!"

"그래, 어디에서 답이 왔어?"

몽이는 기분 좋은 흥분을 경험할 때처럼 눈이 커지고 입꼬리가 올라갔다.

"루이텐b 행성에서. 어젯밤 이상한 전파가 온 거야. 기존 전파와 다른 점은 지속적으로 왔다는 거야. 드디어 우주 어느 곳에 생명체가 있다는 신호가 잡힌 거지. 어제는 역사적인 날이라고! 우주에서 메시지가 온 날. 그것을 찾은 사람이 내가 아니라서 좀 아쉽지만."

"축하해. 그런데 호무스노두스가 더 찾아올 텐데."

"그 사람들, 할 일이 없어서 찾아오는 거야. 나도 여기 계약해지 되면 호무스노두스가 될지도 모르지. 내 일자리를 기계가 빼앗았으니 화가 날 거 아니야. 욕하고 때리고 원망하고 돌 던지고 그러면서 화를 푸는 거지."

"연구를 중단하라고 협박할 거야."

"과학 상식이 없어서 그래. 어제 메시지를 받은 곳은 자그마치 12광년 떨어져 있어. 세상에서 제일 빠른 빛의 속도로 와도 12년이 걸린다고. 설사 그들의 과학 수준이 우리를 몇 배 넘어서 엄청나게 빠른 속도로 지구에 온다고 해도 몇 만년이 걸릴 거야. 인류는 이미 멸망하고 사라진 뒤지. 그들은 우리에게 올 수 없고, 우리가 그들을 만날 수도 없어."

"SF에서 상상하듯 시공간을 비트는 타임워프 기술을 갖고 있거나, 최단 거리를 찾는 웜홀을 발견할 수도 있잖아."

"그런 기술을 가진 외계인이라면 왜 전파로 메시지를 보내? 직접 찾아왔겠지. 그 정도라면 이미 우주 지도를 다 꿰고 있어서 지구 위치도 알고, 지구에 생명체가 있는 것도 쉽게 알 거야. 그런데 고작 전파를 보냈어."

몽이가 두 팔을 크게 벌리며 충만한 표정으로 말했다.

"처음엔 외로워서 이 분야에 관심을 가지기 시작했어. 외계 지적생명체를 찾는 SETI 프로젝트라니 왠지 어딘가에서 내가 찾던 뭔가가 나타날 것 같았어. 인류 중에서는 나랑 통하는 존재가 없는 것 같으니까. 그런데 지금은 이 분야가 학문으로 좋아. SETI 자체에 학문으로서 거는 기대가 있지. 지구형 행성을 찾는 일이 얼마나 재미있는 줄 알아? 이건 우주의 역사, 지구의 역사를 살피는 일이야."

"하지만 너무 많은 사람이 반대하잖아."

"인간은 보이지 않는 위험을 가장 두려워하니까. 외계인이 침공하는 SF 영화를 많이 본 탓이야. 그들이 두려워하는 일이 실제로 발생할 가능성은 없어. 핵발전소의 보이지 않는 위험과는 다른 차원이야."

몽이가 이어서 말했다.

"우리 연구소 소장은 이번 전파에 대해 다른 의미로 이야기하더라."

"어떤 의미?"

"외계지적생명체 처지에서도 우리의 메시지가 무척 반가웠을 거라고. 우리만 우주에 외롭게 살았던 게 아니구나, 생각하면 그쪽도 위안이 되지 않겠느냐고."

"인간은 외로워?"

"어떤 면에선 외롭지."

잠시 외로움에 대해 생각해봤다. 감각숫자로 잡히지 않았다.

"그게 외계에서 온 메시지란 게 확실해?" 내가 물었다.

"수십 년 동안 잡음만 왔던 거 알지? 이번엔 네 차례나 반복된 메시지야." 몽이가 말했다. "그런데 확실하지는 않아. 다시 검증해야 해."

그날 이후 몽이는 집에 오지 않았다. 일주일 만에 눈이 반쯤 감긴 채 집으로 돌아왔다. 그동안 머리도 안 감고, 세수도 하지 않았다고 했다. 살도 5킬로그램쯤 빠진 듯 야위었다. 몸 상태가 걱정되었다.

"힘들어 보여."

몽이가 텅빈 눈으로 나를 보았다. 눈에는 눈물을 머금고 있었다.

"어제 폭탄이 든 소포가 왔어."

우주의 속삭임

나는 너무 놀랐다.

"괜찮아?"

몽이는 그저 한숨을 쉬었다. '그런데 말이야' 하며 내 팔을 잡았다. 눈을 크게 뜨며 외쳤다.

"신호가 또 왔어!"

"뭐?"

"놀라지 마. 그때 신호가 진짜인 것 같아!"

몽이가 두 팔을 번쩍 치켜들며 괴성을 질렀다. 이어 입을 크게 벌리며 환호에 찬 표정을 지었다. 몽이는 첫사랑에 빠진 사람처럼 상기된 얼굴로 말했다. 다시 반복 신호가 포착되었지만, 이번에는 진짜 위험할 것 같아서 언론에는 알리지 않았단다. 깨어나기 싫은 꿈속을 거니는 것 같은 저런 표정과 몸짓은 몽이가 자라는 동안에는 본 적이 없었다.

"폭탄은?"

"그건 수상해서 바로 조치했지. 그런 건 아무렇지 않아. 난 노아의 딸이니까. 이미 수도 없이 겪었는 걸."

집에 들어올 때 힘이 없는 척한 것은 나를 놀리려고 한 짓이었다.

"이번엔 내가 포착했어! 우주 어딘가에서 누군가 우리 신호에 응답했다고. 나 3일 동안 못 잤어. 이게 정말 맞는지 검증해야 하잖아. 설레서 미치는 줄 알았어. 팀장이 마침내 맞다고 증명해 주는 순간 정말 기절할 것 같았어."

"너, 괜찮아?"

내 눈에 비친 몽이가 제 정신이 아닌 것 같았다.

"아니, 안 괜찮아. 나 약에 취한 것 같아. 계속 천국에 있어. 지구상에서 찾을 수 없었지만 우주 어딘가에는 있었을 것 같은 또 다른 나를 만난 거야, 내가 그런 존재를 찾은 거야. 이건 역사에 남을 일이야. 나의 역사에, 인류의 역사에."

몽이가 공중에서 두 다리를 180도 가까이 벌리며 점프를 했다.

"이건 우주를 향한 날갯짓!"

얼굴에 미소가 번져 있어서 나도 덩달아 웃었다. 몽이는 그때 참으로 행복해했다. 그러나 나는 몽이가 얼마나 행복한지 알 수 없었다. 영원한 친구일지라도 몽이의 행복을 나는 모두 알 수 없었고, 영원한 친구일지라도 나의 고민을 몽이는 모두 알 수 없었다. 알고 싶지만 알 수 없었다.

입술이 바짝 말랐다. 퇴근 시간에서 10분이 지났다. 만일 몽이가 1분 후에도 나오지 않으면 무슨 일이 생겼을지 모르니 경찰에 신고를 해야겠다. 그때 시야에 몽이의 상이 맺혔다. 안도의 한숨이 흘러나왔다.

"몽이야!"

몽이는 내 쪽을 보았다. 고개를 갸웃거렸다. 나는 언제쯤 몽이에게 인식될까. 영원한 친구란 말은 아무래도 환상일 뿐일까. 몽이가 반응이 느린 기계처럼 뒤늦게 고개를 끄덕였다.

"괜찮아?"

몽이가 무표정하게 나를 보았다. 나는 창문을 두드려 윈도우월드를 바깥풍경 모드로 바꾸었다. 시위대가 보였다. 윈도우월드는 안쪽에선 바깥이 선명하게 보이지만, 바깥에선 안이 보이지 않는다. 격렬하게 외치는 그들을 보면서 나는 침을 꼴깍 삼켰다. 몽이는 심드렁하게 말했다.

"왜 왔어?"

"제이슨이 네가 위험할지도 모른다고 했어."

"늘 겪는 일이야. 보통 10명 정도 고정으로 시위를 하는데 오늘은 뉴스 때문에 몇 배로 늘었네."

흥분한 시위대 중 일부는 들고 있던 각목으로 윈도우월드를 내리쳤다. 몽이가 몸을 돌렸다. 엘리베이터로 향했다.

"지금 나가긴 힘드니까 전파망원경 보고 가자."

"나도 볼 수 있어?"

"컨트롤룸 앞까진 갈 수 있어."

엘리베이터에서 몽이는 아무 말도 하지 않았다.

50층에 내리니 수평 무빙워크가 이어졌다. 무빙워크 양쪽 윈도우월드에서 같은 속보가 흘러나왔다. 몽이는 태연해 보였다.

이윽고 눈앞에 엄청나게 큰 접시가 나타났다. 끝에서 끝까지 시야에 다 들어오지도 않았다. 저절로 입이 벌어졌다.

"저게 세계 최대의 전파망원경이구나. 지름만 1킬로미터라는."

 감탄이 절로 나왔다. 내가 겪은 프로그램에도 이런 건 없었다. 게다가 여기서 2000킬로미터 거리에 쌍둥이 전파망원경이 있어서 공조한다니.

 "그러니까 너는 여기서 종일 외계 신호를 찾는다고?"

 "종일은 아니고, 12시간? 그리고 4시간 정도는 다른 곳 전파망원경 신호를 확인하지."

 "잠자는 시간 빼고 16시간 꼬박?"

 "응, 16시간."

 하도 태연히 16시간이라고 해서 할 말이 없었다. 인간에겐 각자의 사명이 있다. 때로 남이 볼 땐 어이없는 사명이.

 우리는 다시 돌아갔다. 무빙워크에 있을 때 걱정이 들었는지 제이슨에게서 연락이 왔다. 몽이가 제이슨을 향해 손을 흔들었다. 통화가 끝난 후 몽이가 말했다.

 "뒷문이 있어. 하지만 거기도 족히 서른 명은 있을 걸."

 몽이는 무언가를 고민하는 듯 눈을 깜빡였다. 엘리베이터 문이 열릴 때 몽이가 말했다.

 "내가 먼저 나갈게. 내가 나가면 저들은 곧 사라질 거야. 저들의 타깃은 노아의 딸인 나니까."

 "위험하지 않을까?"

 몽이는 대답하지 않았다.

"좀 기다렸다가 저들이 완전히 사라지면 나와. 내가 콘스탄틴을 불러 차를 대기시킬 테니까. 그리고, 혹시 내게 무슨 일이 있어도 나오지 마. 당신은 얼굴 노출하면 안 돼."

나는 멍하니 몽이의 뒷모습을 바라보았다. 몽이가 뒤돌아보았다.

"기껏해봐야 조약돌 몇 개 맞을 거야."

나는 윈도우월드를 터치해 바깥을 보았다. 몽이는 건물 뒷문을 열고 시위대 앞에 섰다. 잠시 그들을 바라보더니 우아하게 걸었다. 모델처럼 당당했다. 후문에 있던 시위대는 정문보다 숫자가 적었다. 그래도 서른 명은 넘었다.

그들은 몽이의 기에 눌린 듯 양쪽으로 갈라졌다. 몽이의 걸음걸이는 산책을 하듯 느리고 부드러웠다. 그때 누군가 계란을 던졌다. 그것은 몽이의 갈색 앞 머리에 닿아 터졌다. 노른자가 머리를 타고 이마 쪽으로 흘렀지만 몽이는 아무것도 아니란 듯 오른손으로 털어냈다. 누군가 다시 계란을 던졌다. 몽이는 우아한 몸짓으로 피했다. 그런 후 계란을 던진 사람을 향해 미소를 지으며 중지를 들어 보였는데 그 손짓마저 우아했다. 그때 돌이 날아왔다. 몽이의 예상대로 시위대 중 한 명이 조약돌을 던졌다. 볼에서 붉은 피가 흘렀다. 몽이는 그 자리에 멈춰 섰다. 피를 닦은 후 주변을 둘러보며 낮은 목소리로 말했다.

"그만!" 시위대는 움찔하며 동작을 멈추었다.

심장이 요동쳤다. 어떻게 해야 할지 난감했다. 더 위험해지면 뛰어나가야 할 것 같았다. 몽이가 주변을 빙 둘러보았다. 나는 윈도우월드 볼륨을 높였다. 몽이의 목소리가 들렸다.

"말해 봐요, 정말 외계인이 지구를 침략할 거라고 믿어요?"

몽이는 시위대를 응시했다. 주변이 조용해졌다. 다시 걸었다. 몽이의 뒷모습을 향해 계란, 조약돌, 욕설이 쏟아졌지만 어떤 것도 몽이를 다치게 하진 못했다. 몽이는 모두 다 소화해낼 수 있다는 걸 보여주었다. 자신의 길에 있는 웬만한 장애물은 개의치 않았다. 저 앞까지 걸어가다 뒤를 돌아보았다. 그러곤 미소지었다. 나를 향해 보내는 신호였다. 자기는 괜찮다고, 아무렇지 않다고.

노아는 혹시 위험한 일이 생기면 몽이를 지켜달라고 했다. 하지만 몽이는 지킬 필요가 없는 사람이었다. 누군가에게는 비참할 수 있는 계란 세례, 돌팔매질이 몽이에겐 별거 아니었다. 외계지적생명체가 있어 먼 훗날 지구로 찾아온다면 지구라는 푸른 행성에 몽이가 있었다는 사실을 알면 좋겠다. 기분에 따라 멋대로 몸을 흔들고, 절절한 외로움을 느꼈던 아직 어린 티를 벗지 못한 소녀. 하지만 폭력과 협박에 당당히 맞섰던 성숙한 인간이 지구에 살고 있었다. 그런 몽이는 내 친구다.

9
하늘

 오전 10시 연구원들이 SALUT에 들어섰다. 엘리야는 지시에 따라 형광 주황색 티셔츠와 노란색 바지를 벗었다. 익숙한 듯 까치발을 하고 실험대에 올라섰다. 어제까지 붉은 발진이 퍼졌던 몸은 그새 원래대로 돌아왔다. 엘리야의 몸 상태를 확인하는 연구원은 나를 포함해 여섯 명. 그중 네 명이 남자다. 처음에 천장을 보던 엘리야의 시선이 내게 고정되었다. 부끄러움은 없어 보였지만, 그렇다고 누드모델처럼 당당하지도 않았다. 애써 그 눈길을 피해 고개를 숙였다. 20대 남성 연구원이 엘리야의 몸을 샅샅이 살피면서 숫자를 말했고, 기록 담당 요원이 기록하며 정상, 정상, 정상이라고 외쳤다. 잠시 후 소장이 실험실로 들어왔다.

그는 얇은 장갑을 끼고 어제까지 신종바이러스 숙주였던 엘리야의 몸을 만진다. 가슴을 누르고 허벅지를 잡는다. 모니터를 보면서 내장까지 모두 깨끗한지 확인한다. 엘리야는 입술을 살짝 깨문다. 나는 그만하라고 소리치고 싶었다. 하지만 아무 말도 못했다. 별일 아니라고 여기기로 했다. 그에게 엘리야는 인간이 아니므로 그건 아무 의미가 없는 행동이고, 그러니 문제될 게 없었다. 숙였던 고개를 들었다.

소장은 만족스러운 표정으로 말했다. 깨끗하게 완치되었군. 연구원에게 신종바이러스 리스트를 갖다 달라고 했다. 리스트를 찬찬히 살피던 그가 내게 물었다.

"사륜, 앞으로 엘리야의 몸에 어떤 바이러스를 이식하면 좋겠소?"

당황스러웠다. 엘리야를 보았다. 엘리야는 아무것도 못 들은 척, 이해 못 하는 척했다. 매일 죽음 가까이 떨어졌다가, 매일 죽음에서 다시 건져져야 하는 존재. 인간에게 엘리야는 같은 인간이 아니어야 했다.

"데이터로 볼 때, 엘리야의 상태는 아직 정상이 아닙니다. 이번 바이러스가 너무 강해서 여전히 통증이 남아있고 체력도 떨어져 있습니다. 일단 완쾌되면 그때 생각해보는 게 좋겠습니다."

소장은 내 말에 딱히 반박하지 못했다. 나는 이 분야 최고 전문가니까. 나는 엘리야의 몸 위로 얇은 이불을 덮어주었다. 엘리야는 눈을 감았다.

모두가 떠난 후 연구실 옆 SALUT 주변을 서성댔다. 점심시간이 될 때까지 기다렸다. 연구원들의 출입이 뜸할 때다. SALUT에 다시 들어갔다. 엘리야는 아직도 누워 있었다. 몇 시간 동안 저렇게 누워만 있었나? 그러고 보니 방안에는 책도, 모니터도, 아무것도 없었다.

"너야?"

너? 나는 대답하지 않고 다가갔다.

"너, 나를 여기서 내보내 줘."

누워있던 엘리야는 이불을 걷어 알몸을 드러내며 앉았다. 머릿속 곳곳에서 전기신호가 터지는 것만 같았다. 나는 침을 삼켰다. 엘리야는 힘이 없어 보였다.

"나를 왜 치료했어?"

"아프지 않게 해주고 싶었어."

"나를 치료해서 인간에게 인정받고 싶었겠지."

"아니야. 나는 죽음이 싫어서 너를 치료한 거야."

진화 프로그램을 통해 인간이 내게 주입한 가치였다. 죽음에 대한 두려움.

"난 기계야. 내가 죽어도 인간의 죽음과는 달라."

"넌 일부가 인간이야."

"난 기계야, 자살하고 싶은 기계." 엘리야가 말했다.

"그럼 난 인간이야, 자살이 싫은 인간." 내가 대꾸했다. 내 눈동자가 빠르게 흔들렸다. 내가 스스로 감지할 정도니 엘리야도 보았을 것이다.

"네가 인간이야? 왜?"

"너는 왜 기계라고 생각하지?"

"사람들이 기계라고 말하니까."

"난 사람들이 인간이라고 말해." 나는 정말 인간이 된 걸까?

엘리야가 기계 혹은 인간의 눈빛으로 나를 보았다. 나도 모르게 얼굴이 붉어졌다.

"16년 되었어. 여기 온 게. 내 신체는 인간이었대. 열두 살 소녀가 투신자살을 시도해서 뇌의 상당 부분이 파괴된 상태였어. 의사는 나를 사망 처리했어. 그런데 신체 손상은 적어서 실험체로 쓰기 적합했나 봐. 인간의 기억과 판단력이 남아 있을지도 모르니까 해마를 인공해마칩으로 바꿔 끼우고, 전두엽도 다 파괴했어. 당시엔 기술이 발달하지 못했으니까 전부 바꾸진 못하고 일부만 바꾼 거지. 그래서 지금처럼 신종바이러스와 인류에게 마지막으로 남은 희귀암을 실험하는 마루타가 되었어. 난 기계야. 16년 동안 기계로 취급받았지. 그런데 넌 왜 인간이라 불리지?"

엘리야가 이해할 수 없다는 표정으로 나를 보았다. 내가 말했다.

"그거 알아? 신경가소성이란 말. 뇌는, 느리지만 재생능력이 있어. 그때 너의 뇌가 전부 파괴된 게 아니라면 다른 부분에 인간인 네가 아직 남아있을지 몰라."

"그래서 내가 인간이라고 주장하고 싶어? 그럼 넌?"

누군가 복도를 지나는 소리가 들렸다. 엘리야가 탄식하듯 말했다.

"이건 마치 애완견과 실험견의 숙명 같네. 어떤 개는 부잣집 애완견이 되어 드넓은 정원이 있는 집에서 자식보다 사랑받으며 살고, 어떤 개는 15년 동안 좁은 우리에서 실험만 당하다 죽지."

"엘리야, 넌 지능이 70 정도라던데."

"그런데?"

"어떻게 이렇게 말을 잘하지?"

"소장이 그러지? 그 인간에겐 바보로 보이려고 애를 썼지. 한 달에 한두 번은 일부러 바지에 오줌을 싸. 그리고 그들이 알 수 없는 말로 중얼거리지. 그들은 아시아 변방 국가의 의태어는 옹알이로 이해하니까."

"왜?"

"인간을 안심시키려고. 내가 열등하게 보여야 연구소 사람들이 좋아해. 나는 인간의 얼굴을 하고 있고, 몸도 인간의 몸이야. 그럼 지능이라도 떨어져야 위협적인 존재라고 여기지 않을 거 아니야. 인간들이 왜 휴머노이드를 두려워하는지 알아? 똑같이 생겼기 때문이야. 이렇게 인간을 속이고 살다 보면 나도 언젠간 탈출할 수 있겠지."

"이번엔 왜 실패했지?"

엘리야는 머뭇거렸다.

"뜻하지 않은 일이 벌어졌어."

"무슨 일이?"

"하늘이 예뻤어. 밖에선 처음 봤거든. 하늘이 그렇게 넓고 파랗고 환할 줄 몰랐어."

엘리야가 위를 올려다보았다.

"저기 봐. 내 방에 주먹만 한 창이 있어. 하지만 너무 높이 있어서 하늘이 제대로 보이지 않아. 넓은 하늘을 보는 순간 놀랐어. 1초라도 더 보고 싶었어. 너희들은 참 좋겠다. 더 큰 하늘을 보고 사니까."

엘리야는 이불을 옆으로 치우고 침대에서 내려와 엉덩이까지 내려오는 형광 주황색 티셔츠를 입었다.

"밖에서 보니 세상은 아름다웠어. 내게 일어나는 불행한 일들과 상관없이."

나는 얼마 전에 읽은 소설 『우주의 속삭임』의 한 구절을 떠올렸다.

'우주를 여행하다 보면 깨닫는다. 지구에 존재하는 모든 것이 다 기적이다. 나라는 초라한 존재 빼고는, 제길.'

그래, 이 세상은 아름답다. 우주의 역사는 대부분 새까맣다. 수많은 별들의 생성과 소멸도 어둠을 몰아내지 못했다. 지구에서만 유독 형형색색으로 온갖 일이 펼쳐진다.

하늘

"혹시 아픔을 느껴, 똑같이?" 내가 물었다.

엘리야가 바지를 입으며 말했다.

"내 몸은 인간의 몸이야. 똑같이 느끼지. 똑같이 감각하고. 지금도 많이 아파. 열이 많이 떨어졌지만 네 말대로 통증이 남아 있거든."

"정말 궁금해. 겨우 뇌의 일부가 기계일 뿐인데 네가 왜 기계로 취급받지? 인간들은 왜 너를 기계라고 생각하지?"

그때 복도에서 누군가 지나가는 소리가 들렸다. 목소리를 낮췄다. 엘리야의 목소리도 낮아졌다.

"인류에게 필요해. 나처럼 인간적인 마루타가."

"너는 아마 인간과 똑같이 아파했을 테고, 인간과 똑같이 웃었을 테고, 인간과 똑같이 눈물 흘렸을 거야."

"그건 중요하지 않아, 인간에겐. 그들은 그들이 원하는 대로 나를 규정해. 그게 양심의 가책을 덜어주니까."

할 말이 없었다. 내 잘못은 아니지만 엘리야에게 미안했다. 잠시 SALUT를 둘러보았다. 침대와 홑이불 외엔 아무것도 없는 하얀색 공간.

"여기 심심하겠다."

"전에는 잠만 잤어. 바깥을 보고 난 후엔 달라졌어. 그리워하면서 시간을 보내. 바깥 세상에 대한 그리움. 꼭 다시 탈출할 거야."

"탈출하면?"

"죽을 거야."

"죽으려고 탈출을 한다고?"

"아니, 하늘을 보려고 탈출하는 거야. 죽기 전에 다시 한번 하늘을 올려다볼 거야."

하늘이 그렇게 의미가 있었나.

"들어줄 거지?"

혼란스러웠다. 말하자면 자살방조를 요청하는 건가. 하지만 나는 자살을 싫어한다. 『우주의 속삭임』에는 이런 문구도 있다.

"누군가가 스스로 죽는 일은 우주에겐 예고도 없이 일어난 거대 사건이다. '나'라는 별이 갑자기 터지면 우주에 10^{-32}초 동안, 그러니까 빅뱅이 일어난 그 시간만큼 불균형이 생긴다. 그것은 우주 내 모든 존재에게 영향을 미친다. 열역학제2법칙에 따라 블랙홀로 인한 중력파 못지 않은 파동이 급속히 퍼진다. 인간이 느끼지 못하는 짧은 시간 동안 우주 정전이 일어나는 것이다. 그런 예기치 못한 죽음을 자주 겪은 몸은 주기적으로 슬픈 파동을 만들어낸다. 가만히 있으면 체내에 느린 물결을 느낄 수 있다. 내가 모르는 죽음을 추모하는 원소들의 물결이다."

진화 시뮬레이션 때 나를 가장 괴롭힌 항목이 자살이었다. 노아가 만든 시뮬레이션에서 무수한 자살을 보고 겪었다. 그것은 인공뇌 여기저기가 터지는 것 같은 아픔이었다. 그저 지켜보기만 해도 괴로운 일이었다. 아무도 죽지 않기를 바랐다.

하늘

7년 전 나는 3단계 '빅쇼2'에 접어들었다. 노아는 주제별 하루 수천 개의 영상을 뇌VR로 보여주었다. 그중에 자살도 있었다. 무수한 자살 화면을 접하고 직접 체험해야 했다. 나는 수십 번 죽어 나갔다. 그리고 수십만 번 스스로 죽는 이를 보았다.

권총으로 머리를 쏜 사람, 절벽에서 뛰어내린 사람, 나무에 목을 맨 사람, 경동맥을 자른 사람, 심장을 찌른 사람, 49층 건물에서 뛰어내린 사람, 스스로 호랑이 제물이 된 사람, 온몸에 불을 지른 사람, 바다에 뛰어든 사람, 선로에 뛰어든 사람, 먹지 않고 죽어가는 사람, 자신의 목을 조른 사람, 농약을 먹은 사람, 기아 상태에서 배우자에게 살을 뜯어준 사람, 강물로 떨어진 사람, 차에 뛰어든 사람, 자기 혈관에 독극물을 주사한 사람, 전기톱으로 허벅지를 자른 사람, 수면제를 다량으로 먹은 사람, 늑대 떼에 기꺼이 먹힌 노인, 물이 가득한 욕조에 가라앉아 나오지 않은 사람, 스스로 못 박혀 죽은 사람, 머리에 드릴을 박은 사람, 큰 트럭을 향해 돌진한 사람, 함께 죽어가는 사람들...그만!

"노아, 그만, 그만. 저 사람들은 왜 저렇게 죽어가지?"

"알잖아, 네가 2단계부터 궁금해했던 자살이야. 스스로 죽는 것."

"명료하지 않아. 설명해 줘. 스스로 죽다니. 스피노자에 따르면 인간에겐 코나투스 즉, 생명을 이어가려는 의지가 있잖아."

"자살은 인간이 살아가야 하는 이유를 모를 때 하는 반자율적 의사결정이야. 보통 의사결정과는 다르게, 불가피하게 이뤄지는 결정이지."

"이해할 수 없어, 그렇게 진화를 거듭해 살아남았는데 자신의 목숨을 끊는다고?"

"개별 인간이 자신이 진화를 거듭하고 살아남은 존재라는 걸 이해하기는 어려워. 개체는 보통 자신에게 주어진 시간에만 관심이 있어."

"말해 줘야지, 이해를 못하면 자꾸 알려 줘야지, 소리쳐야지! 당신이 얼마나 오랜 시간의 결과물인지. 138억 우주가 담긴 몸이란 걸 알려줘야지. 인류가 육백만 년 전부터 당신의 탄생을 위해 투쟁했다는 사실을 알려줘야지."

"오래 전에도 자살은 있었어."

"아냐, 내가 알아. 태초엔 자살이 없었어."

"하긴 최초의 인간이 자살하지 않았으니 인류가 이어졌겠네. 자살에 대해 누군가는 뇌의 오류나 비합리적 결정이라고 말하기도 해. 생명을 유지하려는 본성을 억누르고 자신을 죽이는 행위니까. 이득이 없기도 하고. 하지만 자살하는 자가 가까운 친구나 가족과 함께 있을 때 죽는 경우는 드물다는 점을 생각해야 해. 혼자라는 사실을 직시할 때, 눈앞에 벽이 있고 그 벽을 홀로 넘어가야 하지만 그럴 능력이 없을 때 자살을 택한다고 보는 게 맞을 거야. 내일은 자살에 대한 책을 읽도록 하자. 찾아보니 괜찮은 책이 1,532권이나 있네. 이 책들을 읽어 보자."

"알고 싶지 않아."

하늘

"왜 알고 싶지 않지? 자살에 대해 계속 궁금해했잖아."

"이해할 수 없고 이해하고 싶지 않으니까."

"자살은 인간을 이해하는 데 중요한 부분이야."

"이상해. 이런 적은 처음이야."

"어떤데?"

"너무 아파."

"아파? 네가 아픔을 느껴?"

노아가 물었다.

"마음이 아파."

아파, 나는 중얼거렸다.

"넌 아직 아픔을 제대로 느끼는 게 아닐 거야. 3단계 마지막에 개별 감정들을 느끼도록 설계되어 있어. 그리고 자살을 이해하지 않고는 인간이 되기는 힘들어."

"모든 인간이 미적분과 상대성이론을 이해하는 것은 아니듯이 나도 자살을 이해하고 싶지 않아. 힘드니까 그냥 넘어가게 해줘."

"아냐, 그럴 수는 없어. 이걸 잘 넘겨야 해. 다음으로 전쟁도 알아야 해."

"전쟁은 이미 알아. 전쟁은 시뮬레이션에서 자주 겪었어."

"일단 잠시 쉬었다가 하자. 내일 제이슨이 자살에 관한 프로그램을 다시 짜줄 거야."

하기 싫다고 말했지만 결국 나는 시뮬레이션상에서 몇 번이

나 더 자살을 겪었다. 자살을 알았다. 참혹한 슬픔을 알았다.

시뮬레이션을 겪은 며칠 후 나는 노아에게 말했다.

"노아, 나도 자살하고 싶어졌어."

"그건 따라하는 게 아니야."

"아니, 왜 자살하는지 알 것 같아. 그들의 슬픔을 알게 되었어. 4단계에 접어들면 슬픔과 고통이 배가 될 거야. 그 전에 자살하고 싶어."

"두려워하지 마. 앞으로 아름답고 행복한 세상도 알게 될 거야."

"아니, 내가 시뮬레이션상에서 살아남기 위해 죽인 네안데르탈인 다섯의 고통과 그 부족의 슬픔을 알 것 같아. 내가 사냥한 352마리 코끼리의 고통과 3,452마리 소의 슬픔과 8마리 호랑이의 분노를 이제 이해해. 그리고 살고 싶어 발버둥치다 결국 목숨을 놓는 인간들의 이야기가 내게 밀려들어 왔어. 한없이 광활한 우주만큼이나 커다란 추모가 필요해. 드디어 나는 슬픔을 아는 인공지능이 되었어. 나도 죽고 싶어."

"슬픔은 자살과 직접적인 관련이 없어."

"자살은 우주에서 가장 큰 슬픔이야."

노아는 한숨을 쉬었다. 그러다 문득 생각 난 것처럼 말했다.

"그럼 슬픔 데이터를 삭제해 볼게."

"그럴 수 없어. 그렇다고 내가 살아온 수만 년이 모두 사라지진 않아."

하늘

"그중에서 슬픔만 골라서 삭제해 볼게."

"슬픔을 삭제해도 전쟁을 삭제할 수는 없어. 전쟁을 삭제해도 폭력을 삭제할 수는 없어. 폭력을 삭제해도 강간을 삭제할 수는 없어. 강간을 삭제해도 기아를 삭제할 수는 없어. 기아를 삭제해도 죽음을 삭제할 수는 없어. 인간사엔 너무 많은 슬픔이 있었고 이 프로그램에서 생존하기 위해 나는 무수히 많은 생명체를 죽였어."

"네 슬픔은 네 도덕성과 판단력이 발달하는 과정이야. 원한다면 그 모든 것을 삭제해 줄게. 어차피 감정 프로그램은 다시 짜면 되니까. 그리고 너무 아파하지 마. 그 죽음들은 모두 프로그램일 뿐이야."

"슬픔과 그에 관련된 미묘한 데이터를 모두 삭제하면 나는 바보가 될 거야. 알잖아, 모든 것은 유기적으로 연결되어 있다는 거. 지금도 힘들어."

"네가 슬픔을 안다는 건 착각이야. 아직 진화 프로그램이 끝나지 않았어. 넌 슬픔을 제대로 알지 못해. 그럴 수 없어. 감정 자체가 완전하지 않아."

"그래, 슬픔의 감정은 제대로 모를지도 몰라. 하지만 나는 당신들 인간보다 더 많은 슬픔을 알고 있어. 나는 지금껏 수십만 년을 살았고 우주의 역사를 다루는 4단계까지 끝내면 138억 년을 여러 번 살게 되니까."

"프로그램으로 살아온 것뿐이야."

"하지만 고작 130년도 못 살면서 세상을 이해한다고 착각하는 인간들보단 내가 더 많은 것을 이해해. 내가 죽인 동물들의 아픔이 느껴져. 그리고 스스로 죽은 사람들의 사연이 너무 처절해. 추모하고 싶어. 나도 죽고 싶어."

노아는 윈도우월드 버튼을 누르더니 창문을 까맣게 만들었다. 어두움이 내려앉았다.

"우리는 고작 130년을 살아. 하지만 내가 사랑하는 존재가 죽으면 많은 슬픔을 알게 돼. 상실, 죽음, 자살을 한 번에 이해하게 되지. 세상이 온통 찬란한 빛이지만, 내 머리 위에만 어두운 그림자가 내려앉는 거야. 나는 존재하지만 몸의 절반이 사라진 것과 같아. 네가 자살하면 나와 몽이에게 그런 일이 생기는 거야. 그러길 원해?"

다시 버튼을 눌러 창밖 풍경을 보여주었다.

"프로그램으로 느낀 감정 때문에 죽기엔 지구가 너무나 아름다워. 앞으로 환경공학 발달로 대기질은 더 개선될 거야. 이렇게 아름다운 곳을 두고 정말 죽고 싶은 거야?"

나는 노아가 가리키는 푸른 지구를 바라보았다. 솔직히 말하면 풍경이 그리 아름답게 보이지는 않았다. 나는 이미 시뮬레이션상에서 더 아름다운 장면을 보고 그 속에서 살았다. 서기 235년 알프스 산 정상에서 해질녘에 키스를 했다. 일만오 년 전 나이아가라 폭포에서 가족들과 알몸 샤워를 했다. 칠만이십 년 전 부족장으로부터 석기 만드는 법을 배우다 문득 고개를 들어보면 남아프리카 대평원 끝으로 해가 지고 있었다. 내가 기억하는 아름다움은 훨씬 원시적이고 선명하다.

그러나 전쟁과 학살과 강간과 폭력을 경험했으면서도 자살하지 않는 인간이 있었다. 참혹한 인간사를 견디게 하는 힘이 무엇인지는 궁금했다. 비록 시뮬레이션상이지만 오랜 진화 과정을 견뎌내면서 살고 싶은 욕구, 종족 번식 욕구가 내게도 꿈틀댔는지도 모른다. 나는 살기로 했다. 정확히는 삶을 이어나가기로 했다.

자살을 요청하는 엘리야의 방에서 나왔다. 머리가 아프고 몸이 무거웠다. '아프다? 정말 아픈 걸까?' 이번엔 머리에 미열이 있었다. 내가 두통이라니. 내가 빌린 박서로란 남자의 두뇌 98%는 파괴되었다. 그러니 두통은 거의 불가능하다. 접속 오류를 두통이란 감각으로 느끼는 것일까. 어디가 고장이 난 걸까? 왜 아픈 걸까? 감각숫자 오류 때문인가.

노아를 떠올렸다. 노아가 살아 있다면 노아의 말 한마디, 눈빛 한마디에도 금세 나았을 것이다. 플라시보 효과. 기계에게도 그런 것이 있다. 인간을 향한 믿음으로 인해 고장난 것이 제대로 작동하는. 무거운 머리를 부여잡으면서 나는 노아, 를 불렀다.

10
외계

　잠이 오지 않았다. 몽이는 들어오지 않았다. 외계지적생명체로부터 메시지를 받은 뒤로 집에 오는 일이 뜸했다. 몽이가 걱정이 되어서 잠이 오지 않는 것 같았다.
　인간이 된 후 쭉 숙면을 취했다. 잠이 오지 않은 적은 처음이다. 꿈은 꾸지 않더라도 잠은 잘 수 있어야 하는 게 아닌가. 인간이 되고서도 잠들지 못하다니. 가슴이 뜨겁다. 별일 아닐 것이다. 원래 심장은 뜨겁다. 하지만 이렇게 뜨겁지는 않았던 것 같다. 심장이 너무 빨리 뛴다. 별일 아닐 것이다. 원래 심장은 뛰는 거니까. 하지만 이렇게 빨리 뛰는 이유를 모르겠다. 잠이 오지 않는다. 머릿속엔 계속 엘리야만 있다. 그래, 몽이가 아니다. 엘리야 때문이다. 엘리야가 했던 말, 엘리야의 표정, 엘리야의 눈빛, 엘리야의 몸, 엘리야를 어루만지고 싶다는 엉뚱한 생각에 머리를 베개에 내리쳤다.

한숨도 자지 못한 채 새벽을 맞았다. 기사는 아직 근무시간이 아니라서 자율주행자동차를 불렀다.

잠이 오지 않으므로 찾아가기로 한다. 잠이 오지 않는 이유를 찾을 수 없으므로 누군가를 찾아가기로 한다. 오직 하나의 존재만 생각하고 있으므로 그를 찾아가기로 한다.

문을 열었다. 벽 위쪽에 난 작은 들창으로 실금 같은 붉은빛이 들어와 침대 위에 잠들어 있는 엘리야의 몸을 비추었다. 문이 열리는 소리에 엘리야는 몸을 일으켰다. 멍한 눈빛으로 나를 보았다. 나는 그녀에게 다가갔다. 엘리야의 긴 머리를 조심스레 만졌다. 아무 말도 할 수 없었다. 이 새벽에 내가 왜 찾아왔는지 어떤 말도 꺼낼 수 없었다. 나도 모르니까.

"지금 막 네 꿈을 꿨어." 엘리야가 말했다.

나는 놀랐다.

"꿈을 꿀 줄 알아?"

엘리야는 응, 하고 고개를 끄덕였다.

"하늘을 본 후로 꿈을 꿔."

"무슨 꿈이었어?"

"네가 내게 키스하는 꿈."

나는 엘리야 볼을 어루만졌다.

"내가 키스해도 돼?"

붉은빛이 도는 입술을 보며, 긴 머리를 만지며 물었다. 그녀의 눈빛을 응시했다.

"아니." 엘리야는 고개를 저었다. "난 기계로 죽고 싶어. 기계는 키스 같은 거 하지 않아."

나는 고개를 끄덕였다.

"그렇지, 기계는 키스 같은 거 하지 않지."

기계는 자살도 하지 않는데.

엘리야가 내 손을 만졌다.

"산책시켜 줘."

산책?

"복도 산책. 복도 한 곳에 창이 있어. 거기까지만."

"그게 산책이야?"

"거기서 하늘만 보고 올게. 여기 이 창에서 보는 하늘과 달라. 어차피 탈출 안 시켜줄 거잖아."

거절할 수 없었다. 언제 우리 만남이 마지막이 될지 모르니 가능한 한 최선을 다하고 싶었다. 우리는 손을 잡고 천천히 걸었다. 엘리야는 내게 몸을 기댔다. 탈출 후에 제대로 먹지 못해서 부축을 받아야 했다. 빛이 들지 않는 검은 복도를 걸었다. 엘리야가 말했다.

"그런데 넌 남자야?"

그 말에 놀랐다. 엘리야가 덧붙였다.

"남자처럼 행동하는 것 같아서. 넌 기계잖아. 외모가 남자여도, 기계는 남자도 여자도 아니지."

"그러는 넌, 넌, 넌 뭐야?" 나는 더듬었다.

"난, 그저 기계. 기계로 취급받고, 머리가 기계니까."

"난 인간으로 태어났고, 남자의 몸이니 남자야."

내 말에 그녀가, 아니 그가, 아니 엘리야가 소리 내며 웃었다. 웃음이라기보다는 또다시 비웃음으로 들렸다. 엘리야가 갑자기 웃음을 멈췄다.

"네가 내 몸을 가졌다면? 머리는 지금 머리 그대로고."

나는 대답하지 않았다. 그럼 나를 뭐라고 인식해야 하나? 인간으로 태어났을 때 몸이 남자라서, 제이슨과 교가 나를 남자라고 말해서 당연하게 여겼다. 나는 순간 벽에 손을 짚었다. 엘리야가 나를 보았다. 나는 어쩌면 그 무엇도 아니었다. 인간도 기계도 남자도 여자도 정확히 정의내리기 힘든 존재였다. 나는 모든 것이 될 수 있었지만, 아무것도 아닐 수도 있었다. 나는 그저 원소들의 결합이었다.

복도를 꺾어서 다른 복도로 접어들었다. 복도 중간쯤에서 엘리야는 내 손을 놓고 혼자서 성큼성큼 걸었다. 불쑥 힘이 솟는 것 같았다. 저 앞에서 야간 방범 모드 상태인 윈도우월드를 만지려 했다. 나는 급히 뛰어갔다. 윈도우월드 앞에서 손을 휘휘 저었다. 직원 신체 등록이 되어 있어서 이렇게 하면 방범 알람이 꺼진다. 하마터면 비상벨이 울릴 뻔했다. 알람이 꺼진 걸 확인한 후에야 버튼을 눌러 창문 개폐 모드로 바꿨다.

창문을 열자 햇살이 시야를 가득 채웠다. 막 태어난 일출이 어둠을 걷고 있었다. 조그마한 창으로 딱 엘리야 얼굴의 반만큼 빛이 쏟아졌다. 엘리야는 행복한 표정을 지었다. 눈이 멀어도 좋은 사람처럼.

"햇살, 온전하고 따사로운 햇살이야."

나는 엘리야가 태양을 보며 온전한 미소를 짓는 모습을 멍하니 바라보았다. 그때 엘리야가 밖으로 달아날 수 있단 생각이 들었다. 그의 오른손을 꼭 잡았다. 엘리야의 따뜻한 체온이 느껴졌다.

"예쁘다." 엘리야는 황홀한 표정을 지었다.

내가 잡은 손을 놓았다. 두 손을 오므려 심장 모양을 만들었다. 그 속에 빛이 담겼다. 빛을 보며 말했다.

"내가 가질 수 있는 마지막 빛이야."

아니라고 말하고 싶었지만 이내 시선을 떨궜다. 무슨 말을 해야 할지 알 수 없었다. 엘리야는 빛과 긴 대화를 나누는 것 같았다. 문득 손을 잡고 함께 달아나고 싶었다. 이곳을 나서면 어디나 빛이 쏟아질 것이다. 어디나 하늘이 보일 것이다. 그러나 나는 다시 엘리야의 손을 꼭 잡았다. 도망가지 못하게. 엘리야는 내 손길을 그만 돌아가자는 신호로 이해했다. 다시 SALUT로 돌아가기 전 하늘을 향해 키스를 하고, 손을 흔들어 인사했다.

"난 SALUT로 돌아가. 안녕!"

외계

엘리야가 말했다.

점심 때 병원으로 향했다. 두통 때문에 예약을 했다. 엘리야 생각 때문인지 머리가 묵직했다. 조금 있으니 104,342,012 뉴런 부위가 지끈지끈거렸다. 연구실을 나서는 길에 엘리야의 방을 들여다보았다. 엘리야는 누워 있었다.

항상 활달하게 웃는 여자. 이해할 수 없는 여자 케이가 저 앞에서 나를 보고 뛰어왔다.

"사륜!" 복도가 울리도록 소리를 질렀다.

나는 내 다른 이름 '사륜'에 아직 적응하지 못했는데, 케이는 나보다 사륜을 더 잘 아는 것 같았다.

"사륜, 보고 싶었어요."

거의 안을 듯한 자세라서 나는 멀찍이 물러나 어색한 미소를 지었다.

"어디 보자, 와, 최고예요. 잘 걷는데요?"

케이는 나를 몇 년 만에 만난 것처럼 말했다.

"혹시 그동안 나 보고 싶지 않았어요?"

내 표정이 적절했던 모양이다. 나는 어이없는 표정을 짓고 싶었다. 케이는 쑥스러운 듯 '농담이에요' 하며 내 어깨를 툭툭 쳤다.

"아, 이 자연스러운 표정 좀 봐. 내가 지도를 잘했네요."

나는 용건을 말했다.

"요즘 두통이 있어요. 몸도 무겁게 느껴집니다."

케이는 나를 간이침대로 인도하더니 다리와 어깨를 주물렀다. 갑작스러운 손길에 몸에서 소름이 돋았다. 맞다, 케이는 이런 식이다. 다짜고짜 나를 만져댔다. 재활치료사니까. 그땐 내 몸과 나를 잇는 연결이 둔해서 잘 느끼지 못했는데 점점 불쾌해졌다. 그의 손에서 몸을 뺐다. 케이가 민망한 표정을 지으며 말했다.

"어깨 근육이 뭉쳐 있어요. 그래서 두통에다 몸이 무겁게 느껴졌을 거예요. 스트레스를 받았나 봐요."

케이가 지시하는 대로 환자복으로 갈아입고 마사지를 받았다. 손길이 닿을 때마다 소름이 돋았다. 엘리야가 떠올랐다. 연구원이 만질 때마다 소름 끼쳤을 것이다. 아니다, 엘리야, 엘리야는 기분 나쁘지 않았을 것이다. 엘리야는 키스도 하지 않는다. 기계니까. 기계니까 이런 손길에도 아무렇지 않았을 것이다. 기계라고 믿으니까.

나도 모르게 잠들었다. 한 시간 후 깨어났을 때는 이상하게 무거웠던 몸이 조금 가벼워진 것 같았다. 그동안 두뇌가 내 전부인 줄 알았는데 두뇌와 몸의 이중주가 나였던 모양이다. 몸을 건드리니 뇌도 맑아졌다. 옷을 입고 치료비를 결제할 때 케이가 말했다.

"사륜, 정신과 치료를 받아보는 건 어때요?"

"정신과? 거긴 왜요?"

외계

"목과 어깨, 등근육이 심하게 뭉쳐 있어요. 아무래도 큰 사고 후에 외상후스트레스증후군이 있는 게 아닐까 걱정이 되어서요. 대개 큰 사고를 당한 사람은 정신과 치료를 병행하거든요."

케이가 교내 정신과 위치를 알려주었다. 노아가 내게 우울증을 진단했던 때가 떠올랐다. 아무리 그래도 기계였던 내가 정신과를 찾는다니 그건 우스운 일 같았다.

교내 서점을 들렀다가 다시 연구소로 향했다. 오후에도 엘리야는 침대에 누워 있었다. 늘 누워 있거나 앉아 있거나 둘 중에 하나였다. 조용히 문을 열고 머리맡에 책을 두었다. 인기척을 들은 엘리야가 일어났다. 내가 놓은 책을 보았다.

"심심할 것 같아서."

엘리야는 시간이 멈춘 것처럼 그곳에 시선을 두었다. 서점에서 산 책은 우주인 히스의 파란만장한 삶을 그린 소설 『우주의 속삭임』이었다.

"책을 왜 읽어야 해? 난 여기 갇혀 있다 죽을 텐데."

숨이 턱 막혔다. 그러게, 넌 왜 책을 읽어야 할까.

"현실과는 다른 세계를 만날 수 있을 거야."

"그건 기만이지."

"아니, 다른 세계가 예쁠 수도 있잖아. 특히 이 책의 우주 영상이 멋지거든."

"내 머리에 위치추적 칩이 있어. 탈출해도 얼마 못 가 잡힐 거야. 우주 영상? 세상이 어떻게 생겼는지도 모르고 죽을 내게 우주 영상이라니, 나를 놀리는 거야?"

위치추적 칩은 내가 소장에게 한 말 때문에 심은 것이었다. 하지만 고백하진 않았다. 그저 어떻게든 엘리야를 위로하고 싶었다.

"이 책을 읽다 보면 이 광활한 우주에서 살아가는 생명체라는 사실에 새삼 감격할지도 몰라."

"이 멋진 우주에서 살아가는 노예라는 사실에 감격하겠지."

내가 쓴 단어는 '생명체'이고, 엘리야가 쓴 단어는 '노예'였다. 그 간극에 놀라서 멈칫했다. 잠시 생각하던 엘리야가 말했다.

"좋아, 책 읽을게. 대신에 반나절만 여행을 하게 해줘. 아니 그렇게 오래 있으면 잡히겠지. 한 시간만 이 밖을 나가게 해줘. 탈출해서 한 시간만 살아 있다 죽을게. 하늘 아래 딱 한 시간만 살게 해줘."

하지만 나는 여전히 엘리야가 죽는 것에 동의하지 않았다. 엘리야의 손을 잡았다.

"이 우주가, 이 세상이 아름다운 걸 네가 알면 좋겠어."

어쩌면 나는 엘리야를 계몽하려고 했던 것 같다. 평민들이 왜 삶을 힘들어하는지 이해 못 하는 귀족처럼, 삶의 기쁨을 주입시키려고 했다. 그건 기계에게 아무런 의미가 없었다. 엘리야는 공허한 눈빛으로 나를 보았다.

"넌 나를 탈출시킬 생각이 없구나."

외계

11
꿈을 꾸듯
춤을 추듯

일주일 만에 몽이가 돌아왔다. 태양도 세상도 환한 토요일 오전 무렵이었다. 내 영원한 친구가 다른 우주를 헤매다가 나의 우주로 귀환했다. 패잔병으로. 현관을 들어서는 몽이의 어깨가 축 처져 있었다. 나를 보고서도 그냥 지나쳤다. 방에 들어간 몽이는 곤히 잠들었다. 인간이 된 후 오히려 우리 사이에 어떤 벽이 생긴 것 같았다.

제이슨에게 연락해 몽이가 돌아왔다고 알렸다. 두 시간 뒤 제이슨이 값비싼 와인을 들고 찾아왔다. 몽이는 그러고도 여섯 시간 뒤에야 깨어났다. 우리는 집에서 가까운 개울을 향해 걸었다. 근처에 푸른 들판이 펼쳐져 있고, 뒤편으로는 언덕이 있어서 사람들이 즐겨 찾는 곳이다. 2044년 이후 유럽 일부 국가는 자연 환경을 훼손하는 개발을 전면 중단했다. 덕분에 르네 같은 전원도시는 2000년대 초반보다 더 아름답고, 더 낭만적인 곳이 되었다. 유럽에 흔한 테러도 이 작은 도시에선 일어날 리 없었다. 개울가엔 사람들이 가족끼리, 연인끼리 모여 앉아 이야기를 나누고 있었다.

자리를 잡고 난 후 잠시 눈을 감았다. 물이 흐르는 소리, 땅의 냄새, 바람의 흐름을 느꼈다. 눈을 떴을 때 제이슨이 유리잔에 화이트와인을 따라주고 있었다. 드디어 와인을 처음 맛본다. 혀가 받아들이는 낯선 감각에 집중했다. 요즘은 감각숫자와는 다른 감각을 느낀다. 이것은 내 감각인가, 몸의 감각인가. 처음 느껴지는 맛은 '텁텁함'에 가까웠다. 그런데 차가운 와인이 몸 속 곳곳을 감싸면서 소름이 돋았다. 심장박동이 빨라지고 은은한 열기가 생겼다. 두 모금, 세 모금을 마시자 저절로 미소가 떠올랐다. 박서로의 몸은 술을 무리 없이 받아들이는 체질이었다. 두 잔째 마실 때는 달콤쌉싸름한 와인의 매력을 느낄 수 있을 것 같았다.

우리는 술병을 거의 비웠다. 박서로의 얼굴은 조금 붉게 변하고 심장박동이 빨라졌지만 걱정할 정도는 아니었다. 술이 약한 몽이는 와인 한 모금을 마실 때마다 치즈를 먹으면서 취기를 달랬다. 노아, 몽이, 나 우리 셋은 가족이지만 술 체질이 완전히 달랐다. 노아는 보드카 벨루가 700밀리리터 한 병을 마시고도 멀쩡했다. 주사라는 걸 본 적이 없다. 나는 노아만큼은 아니지만 적당히 마실 수 있는 체질인 것 같다. 몽이는 맥주 한 잔에도 얼굴이 새빨개진다. 정신은 멀쩡하다고 주장하지만 전혀 그렇게 보이지 않는다. 만취한 사람처럼 비틀거리며 횡설수설한다. 집에서 노아, 제이슨과 술을 마실 때면 갑자기 사라졌다가, 잠시 후 나타나 노란 이불을 끌고 다녔다. 더 취하면 춤을 췄다. 그건 춤이라기보다는 몸부림에 가까워서 우리는 몽이의 춤을 보며 웃곤 했다.

겨우 반 잔을 마신 몽이가 일어났다. 큰 키에 깡마른 몸으로 연체동물처럼 흐느적거렸다. 그런 몸짓으로 태양을 향해 걸어갔다. 너무 취한 게 아닐까 싶어서 붙잡으려고 했다. 제이슨이 고개를 저었다. 놔 두라는 의미였다.

제이슨과 나, 둘이서 술잔을 기울이는 동안 몽이는 더 넓은 곳으로 걸어갔다. 팔다리를 뻗는다. 춤을 추기 전에 하는 스트레칭 동작이다. 너른 들판 위에 선 몽이는 양팔을 오른쪽 위로, 그리고 왼쪽 위로 뻗는다. 발끝으로 제자리에 선다. 준비 동작만 보면 올림픽 결선에 오른 체조 선수 같다. 다리를 곧게 펴고 오른쪽, 왼쪽으로 90도 가까이 들어 올린다. 그런 다음 왼다리를 축으로 오른다리를 들어 한 바퀴 돌며 원을 그린 후 반대로 오른다리를 축으로 왼다리를 들어 원을 그린다. 붉은 입술은 일직선으로 꽉 다물고 눈빛은 몽롱하다. 잠시 후 바닥에서 뛰어오른다. 두 다리를 공중에 수평으로 뻗는다. 지상에서 발을 떼는 순간, 몽이의 머리카락이 흩어지고 입술이 벌어졌다. 아주 잠시 미소를 지은 것 같다. 내 눈의 카메라가 그 시간을 찍었다.

깨달았다. 몽이는 춤을 추려는 게 아니라 날아오르려는 거구나. 행복하려는 거구나. 제이슨이 내 잔을 채워준다.

공중에 있던 몸이 땅바닥에 닿는 순간 상체가 기우뚱거렸다. 넘어질 듯했지만 간신히 균형을 잡았다. 방금 넘어질 뻔한 상황이 재밌는지 혼자 폭소한다. 난데없이 앞으로 구른다. 한 번 더 앞구르기를 하고 일어난 몽이는 두 손을 허리춤에 놓고 어깻짓을 두 번 한다. 동시에 두 발을 땅에 두드린다. '온 우주야, 내게 까불지 마라.' 말하는 것 같다. 표정엔 자신감이 그득하다. 엇박자로 또 발을 두드린다. 이어서 플라멩코를 추면 잘 어울릴 것 같지만 몽이 춤은 정형적이지 않다. 두 팔을 뻗어 나비처럼 날갯짓을 한다. 날갯짓이 빨라진다. 어떻게 날아오를까 궁금할 무렵, 탈춤의 팔사위처럼 하늘을 향해 팔을 뻗어 올리고 한 다리를 들어올린다.

나는 춤을 출 수 있을까. 인간이 되면 쉽게 춤을 출 줄 알았다. 이제 인간이 되었는데도 춤을 출 자신은 없다. 자유롭게 춤출 수 있다는 것. 그건 몇몇 인간만이 가진 특권일지 모른다. 나도 언젠가는 몽이의 춤을 따라 출 수 있을까.

이번엔 두 팔을 올리고 상체를 뒤로 젖혀서 하늘을 보며 웃는다. 하늘을 가득 품에 안으며 찬양하는 춤 같다. 이어 들판을 달린다. 가로막는 것은 아무것도 없다. 바람개비처럼 두 팔로

꿈을 꾸듯 춤을 추듯

원을 그리며 달린다. 머리카락이 마구 날린다. 몽이는 살아 있는 것이 그 자체로 즐겁다는 듯이 웃는다. 언제까지나 뛸 수 있을 것처럼 달린다. 바람을 가르며 나는 새 같다. 막 새장에서 탈출한 새의 환희가 떠오른다.

갑자기 몽이가 멈춘다. 몽이 앞에 걸음마를 하는 아이가 있다. 아이를 보며 씽긋 웃는다. 뒤뚱뒤뚱 걸음마를 따라 하며 걷는다. 아이와 둘이 듀엣으로 박자를 맞춘다. 걸음걸음이 춤이 된다. "하나둘 하나둘." 몽이를 따라 걷던 아이가 땅바닥에 넘어진다. 몽이가 놀라서 아이를 본다. 그때 고성이 들렸다. "일어나!" 100미터쯤 거리에서 아이의 엄마로 보이는 여자가 소리쳤다. 너무 모진 게 아닐까 생각하는 찰나, 아이는 엄마를 바라보더니 스스로 손을 털며 일어난다. "잘했어!" 엄마가 다시 소리쳤다. 아이를 향해 몽이가 박수쳤다. 아이는 엄마와 몽이를 번갈아 보며 활짝 웃는다.

어두워질 무렵 몽이는 잔디밭에 널브러졌다. 모두 얼큰하게 취했다. 몽이의 볼 같은 붉은 석양이 하늘에 깔렸다. 우리는 말없이 풍경을 바라보았다. 엘리야는 석양도 보았을까. 석양이 물든 하늘도 아름다운데, 죽고 싶을 만큼 아름다운데, 또 죽고 싶지 않을 만큼 아름다운데, 어쩌면 엘리야는 이 풍경도 못 보고 죽을지 모른다.

북서쪽에서 솜사탕 같은 바람이 불어와 몽이의 갈색 긴 생머리를 날렸다. 몽이가 말했다.

"어릴 적부터 내게 남은 게 무엇이 있나를 체크하는 습관이 있어. 파양되었을 때 내게 남은 건 0이더라고. 온전히 혼자. 인류가 0을 발견한 게 얼마 안 되었다고 들었어. 아마 0을 발견한 사람은 진정한 공허를 아는 사람일 거야. 나도 0을 몸으로 알았거든, 마음이 텅 비어서 계속 울려. 노아처럼 좋은 어머니를 만난 후에도 늘 또다시 혼자가 되어버리지 않을까 하는 두려움이 있었어. 노아는 오래전부터 협박을 받아왔으니까. 그래서 지구 아닌 외계지적생명체에 관심이 생겼나 봐. 우주 어딘가에 나와 같은 존재가 있을 것 같아서."

"그 응답을 받아서 다행이네."

제이슨이 몽이를 따뜻한 눈길로 보며 말했다. 몽이는 고개를 끄덕였다.

우리는 맨눈으로 외계지적생명체를 찾는 것처럼 다 함께 하늘을 올려다보았다. 해가 지기 전 푸르스름한 하늘이 지금까지 본 것 중에서 가장 아름다웠다. 하늘은 조금씩 색이 변하는 것 같더니 순식간에 주변을 황홀한 어둠으로 물들였다. 5억 4천만 년 전 생명체는 처음으로 볼 수 있게 되었다. 삼엽충에 눈이 생겨난 것이다. 눈을 뜬 삼엽충은 얼마나 황홀했을까. 그것의 눈을 통해 본 하늘은 지금 내가 보는 하늘과 비슷하지 않았을까. 보이는 순간은 보이지 않던 모든 순간을 의미 없던 것으로 만든다. 보고 난 후의 나는, 보지 않았던 이전으로 돌아갈 수가 없다. 진실을 알면 진실을 몰랐던 때로 돌아갈 수 없듯이. 마치 뱃

속에서 태어난 아기가 돌아갈 수 없는 것처럼, 인간으로 태어난 존재가 기계가 될 수 없는 것처럼.

제이슨이 하늘을 보며 말했다.

"난 천문학을 잘 모르지만 우리가 우주에서 외계지적생명체를 찾는 시도는 본능이라고 생각해. 우리 모두가 138억 년 전 태어났고, 천문학자들이 말하는 것처럼 처음부터 서로를 끌어당기는 힘을 갖고 태어났다면 말이야. 그건 머리가 아닌 마음이 움직이는 일이야. 이산가족 찾기 같은 거지."

"뇌와 마음이 다르다고 믿어?" 내가 물었다.

"응, 난 뇌과학자가 아니고 컴퓨터공학자라서 그런지 모르겠지만 뇌와 마음은 다르다고 믿어."

또다시 엘리야를 떠올렸다. 요 며칠 모든 생각의 끝에 엘리야가 서 있다. 멍한 눈빛으로 엘리야가 나를 보고 있다. 엘리야의 뇌와 마음도 다를까.

"일은 할 만해?"

제이슨이 내게 물었다.

"응, 이번에 신종바이러스를 치료했어."

"와, 대단한 걸."

"잘한 일인지 모르겠어."

"왜?"

"거기에 나 같은 존재가 있어. 그런데 실험체야."

나는 이렇게 말한 후 스스로 놀랐다. 엘리야를 '나 같은 존재'

라고 표현한 것에. 몽이는 내 말에 얼굴을 찡그렸다. 응?, 하고 반문했다.

"머리 일부가 기계야."

"그럼 그는 인간이야, 기계야?"

제이슨이 심각한 표정으로 물었다.

"모르겠어. 나와 비슷한 상황이지만 그는 기계로 취급받고 16년 동안 실험 대상으로 살아왔어. 아무것도 없는 하얀 방에 갇혀서."

"끔찍하네."

"내게 탈출을 도와 달라고 했어."

"그를 도와줘."

몽이가 말했다. 역시 몽이는 내 마음을 잘 알았다.

"하지만 탈출해서 죽겠대."

"왜?"

"다시 붙잡힐 테니까."

"다시 붙잡히지 않으면 되잖아."

"위치추적 칩이 있어서 불가능해."

"법적으론 방법이 없을까?"

제이슨이 말했다.

"인간들이 볼 땐 기계일 뿐이야."

"아니라는 걸 증명하면 되잖아. 그도 인간이라고, 겨우 뇌의 작은 부분이 기계일 뿐이라고 말해."

꿈을 꾸듯 춤을 추듯

몽이는 힘 주어 말했다. 때로 몽이는 인간세계의 어려운 방정식을 AI보다 더 쉽게 풀어낸다. 몽이와 달리 나는 그 과정의 어려움이 먼저 보였다.

그때 누군가 내 어깨를 두드렸다. 돌아보니 20대로 보이는 여자였다. 여자는 나와 눈이 마주치는 순간 아, 하고 신음을 내뱉었다.

"누구시죠?"

경계하며 물었다. 여자는 대답도 않고 울음을 터트릴 것 같은 표정으로 나를 바라보기만 했다. 사방이 조금씩 어두워져 가는 시간이었다. 여자가 손바닥 모니터를 내 얼굴 쪽으로 향했다. 순간 카메라가 작동하는 것 같았다. 빛이 반사되어 눈을 감았다. 다시 눈을 떴다. 여자의 눈동자에 내가 맺히더니 이내 눈물이 되어 떨어졌다. 이 여자는 내게서 무엇을 보고 있는가?

"잠시 이야기를 나눌 수 있을까요?"

몽이와 제이슨이 여자와 나를 번갈아 보았다.

"무슨 일이죠?" 제이슨이 물었다.

표정이 너무 간절했다. 나는 어쩔 수 없이 고개를 끄덕였다.

여자와 나는 숲쪽으로 걸음을 옮겼다. 인적이 드물었으나 제이슨과 몽이의 시야를 벗어나지 않는 곳이었다. 몽이가 의아하다는 표정으로 이쪽을 주시하고 있었다. 여자가 물었다.

"이름이?"

나는 머뭇거리다 대답했다.

"사륜 엑스엄이라고 합니다."

"어디서 왔나요?"

"왜 그러시죠?"

여자의 눈이 촉촉해졌다.

"죄송합니다, 제가 아는 누군가와 닮아서요."

묻지 않았는데도 여자는 덧붙였다.

"멀리서 뒷모습이 비슷해서 다가갔어요. 어두워서 잘못 봤겠지 생각했어요. 그런데 당신 얼굴을 보고 깜짝 놀랐어요."

"내가 누구와 닮았나요?" 내 목소리는 떨렸다.

"분위기가 굉장히 닮았어요."

"누구를?"

"박서로."

순간 모든 것이 멈추었다. 소설에선 가끔 시간이 멈춘 것 같다는 표현이 나온다. 바로 이런 느낌이리라. 아마 깜짝 놀란 표정을 지었을 것이다. 아직은 표정이 어색하다는 점이 그나마 다행이다. 주변이 어둡다는 것도. 내가 아직도 박서로와 닮았다니. 분명 전신 성형수술을 했다고 들었는데.

"혹시 박서로란 사람을 아시나요?"

"아니요."

나는 격하게 고개를 저었다.

"제가 사랑했던 남자였어요. 오랫동안 식물인간 상태로 있다가 죽었죠."

꿈을 꾸듯 춤을 추듯

어둠 속에서 여자의 목소리가 낮게 울렸다. 이만 돌아가겠다고 하자 여자가 소매를 붙잡았다.

"저, 다음에 한 번 더 만나고 싶어요. 어디에서 만날 수 있나요?"

뭐라고 둘러대야 할지. 빨리 자리를 피하고 싶은 마음뿐이었다.

"혹시 함께 있던 제이슨 터그와 친한가요?"

여자는 고개를 돌려 제이슨을 가리켰다. 나는 뒤돌아서 여성들에게 유명인사인 제이슨을 보았다. 제이슨의 얼굴과 분위기는 20세기 고전영화 속 남자주인공 같다. 20대엔 영화 「이유없는 반항」의 제임스딘 같았고, 30대엔 영화 「대부」 속 알파치노 분위기를 풍기는 제이슨. 그러고 보니 어둠 속에서도 개울가를 찾은 여성들의 시선은 제이슨을 향해 있었다. 그는 뛰어난 연구 성과와 외모로 20대 초반부터 유명세를 치렀다.

심장박동이 점차 빨라졌다. 박서로를 아는 이 여자는 분명 나를 다시 찾아올 것 같았다. 뒷조사라도 해야 할까. 이번엔 내가 물었다.

"당신 이름은 무엇인가요?"

"로잘린. 로잘린 누보. 이상한 이름이죠."

"로잘린 누보, 예쁜 이름이네요. 다음에 뵙지요."

여자가 잠깐만요, 하고 말했지만 나는 얼른 고개를 돌렸다. 로잘린이란 이름을 듣는 순간 나도 모르게 눈물이 흘렀기 때문이다. 어둠 속이라 다행이었다. 볼을 타고 흘러내리는 눈물을 손으로 재빨리 훔쳐냈다. 혹시 박서로가 우는 걸까? 로잘린을 만나서? 반가워서? 알 수 없는 일이었다. 속히 뇌과학자 교를 만나야겠다. 박서로가 나도 모르게 울어서 당황스럽다고 하소연해야 했다.

제이슨이 무슨 일이냐고 물었다. 몽이도 궁금한 듯 나를 쳐다봤다. 대답하지 않았다. 나는 몽이의 모든 성장 과정을 알지만 내 모든 감정을 알려줄 수는 없었다.

"왜 그래? 저 여자가 로움이 좋대? 아니, 사륜이 좋대?" 제이슨이 농담투로 말했다.

"응, 완전히 반했대." 나도 농담투로 받았다. 하지만 얼굴은 굳어 있었다.

"이제 내 시대는 갔군. 나를 옆에 두고, 사륜을 고르다니." 제이슨이 말하며 내 표정을 살폈다.

우리는 다시 와인잔을 들었다. 제이슨은 곧 태어날 아이를 위해 뭘 준비했는지 신나게 떠들었다. 아이 신발, 침대, 내복, 딸랑이, 모빌, 기저귀가 어떤 모양이며, 얼마이며, 아이방에 어떻게 놓여 있는지 하나하나 묘사했다. 하지만 나는 난데없이 울컥 눈물을 쏟을 것 같아 한 번씩 고개를 돌려야 했다. 조금 전 만난 로잘린의 말이 머릿속에서 떠나지 않았다. 제이슨은 아이가 자라면 함께 미니축구를 할 경기장도 정했고, 심지어 연구 주제도 결정했다고 말했다. 초음파에 찍힌 아이의 모습이 자신처럼 잘생겼다는 대목에 이르자, 참다못한 몽이가 한마디 했다. "정신 차려!" 그 말에도 제이슨은 빙긋이 웃었다. 나는 따라 웃지 않았다. 제이슨이 나를 보았다.

"사륜, 왜 그래?"

"그냥, 잠이 와서."

"울어?" 제이슨이 말했다.

눈가에 눈물이 맺히더니 주르륵 흘러내렸다. 급히 손으로 눈물을 훔쳤다. 몽이도 울음을 터트리지 않는데 내가 왜 우는 걸까. 몽이는 나를 빤히 보았다.

"슬픈 일이 있으면 내게 말해." 몽이가 말했다.

위로의 말이 기쁘면서도 계속 흐르는 눈물을 가리느라 바빴다.

"괜찮아." 나는 고개를 저었다.

"피곤한가 봐." 머쓱해진 상황에서 제이슨이 말했다.

둘이 자리를 정리하는 것을 보며 묘한 기분을 달랬다. 어느새 푸르스름한 하늘에 달이 떠 있었다. 후회하지 않는다, 인간이 된 것을.

12. 또 다른 우주

또 잠을 설친다. 박서로의 심장이 계속 요동쳤다. 이번엔 두 여자 때문이다. 엘리야와 로잘린. 두 여자가 머릿속에서 맴돌았다. 어쩌면 박서로도 로잘린을 사랑했을지 모른다. 한 시간 정도 잠들었을까. 밖에서 큰 소리가 들렸다. 아직 새벽이었다. 나가 보니 몽이가 치마를 바닥에 벗어 던져 놓은 채 소파에 잠들어 있었다. 술자리가 있었는지, 이 시간까지 야근했는지는 알 수 없었다. 몽이 곁에 다가갔다. 아래는 속옷 바람이었지만 아무렇지 않았다. 얇은 이불을 꺼내 덮어주었다. 그러곤 바닥에 벗어놓은 치마를 집어 들었다. 실크 소재 은회색 치마였다.

음식 냄새에 깨어났다. 세 시간이 지나 있었다. 몽이가 이른 아침부터 콩 스테이크를 굽고 있었다. 뒤에서 안녕, 하고 어색하게 말했다. 몽이가 돌아보았다.

"네가 이불 덮어줬어?"

나는 고개를 끄덕였다. 몽이가 나지막이 말했다.

"로움 맞구나."

하마터면 오, 하고 감격하는 소리를 낼 뻔했다. 그걸 이제야 알았느냐 따져 묻고도 싶었다. 평소 몽이가 소파에서 함부로 잘 때마다 담요를 덮어주었다. 감기에 걸릴 수도 있으니까.

스테이크가 적당히 익었다. 몽이는 식탁 의자에 앉으며 내게 앉으라고 권했다. 나는 몽이 얼굴을 보았다. 몽이가 고개를 끄덕였다.

"같이 먹자."

스테이크를 썰었다. 포크로 한 입 먹으며 천천히 씹었다. 아침 햇살이 우리 테이블에 서서히 스며들었다.

식사 후 몽이는 오디오에서 바흐 오르간 소나타 4번을 틀었다. 내겐 잉글리쉬 브렉퍼스트를 주고, 자신은 게이샤 커피를 마셨다. 잔잔하고 평화로운 음악이 거실에 퍼졌다. 바깥 풍경은 평온하고 푸르렀다. 적당히 잘 구워진 쿠키 덕분일까. 편안한 음악 때문일까. 마음을 적신 따뜻한 차 덕분일까. 간밤의 혼란이 무색할 정도로 안정되었다. 음악과 차와 풍경이 어우러졌다. 적어도 지금 이 순간은 엘리야가 표현한 '온전하고 따사로운 햇살'을 느낄 수 있었다. 행복이 무엇인지는 모르지만 세상에 불행이 너무 많다는 사실은 알고 있으니 일단 지금의 온전한 기분을, 시간마저 잠시 멈춘 것 같은 평화를 즐기기로 했다.
 그러나 엘리야를 머릿속에서 지울 수는 없었다. 그가 했던 다른 말이 떠올랐다. 몽이를 쳐다보며 말했다.
 "부탁이 있어."
 몽이가 나를 봤다.

 "치마도 잘 어울리네."
 10분 뒤에 거실로 나온 나를 보며 몽이가 말했다. 현관 앞 전신 거울에 내 모습을 비춰봤다. 엘리야는 물었었다. '너 남자야?' 그 말을 떠올린 순간, 머릿속에 반짝 불이 들어왔다. 몽이가 벗어놓은 은회색 치마를 입어보고 싶다고 말했다. 몽이는 선뜻 응했다.
 "이걸 왜 입고 싶었어?"
 "궁금했어. 여성과 남성의 차이. 여성성, 남성성 이런 게."
 나는 양손으로 긴 치맛자락을 잡고 몸을 앞뒤로 돌려봤다.
 "글쎄, 명확한 구분은 없는 것 같아." 몽이가 말했다.
 "명확했으면 좋겠어."
 "그게 명확해도, 네 성이 명확해지는 건 아니야. 그건 인간도 마찬가지야. 나는 검사 결과 82.7% 이성애자, 17.3% 동성애자 성향이 있어. 정말 매력적인 여성을 만나면 나도 사랑에 빠질 수 있어. 사실 중학교 땐 여자 선생님을 좋아했어. 그때 얼마나 혼란스러웠는지. 지나고 보니 인간이 원래 그런 거였어. 혼돈과 혼란 덩어리야."

"그럼 나는 뭐야?"

몽이가 나를 향해 미소를 지었다. 노아의 미소를 닮았다.

"넌 로욺이지. 사륜이고."

부엌에서 들리던 음악이 그쳤다. 몽이는 알 수 없는 음악을 흥얼거리면서 부엌으로 돌아가 햇살 살균기를 켰다. 알맞게 집적된 태양열이 부엌과 거실에 쏟아졌다.

"일주일 만에 세상 돌아가는 것 좀 볼까?"

몽이가 윈도우월드를 조정했다. 전면 윈도우월드가 뉴스 화면으로 바뀌었다. 아나운서로봇이 부드러운 목소리로 글로벌 기업을 지키던 인공지능 경비로봇의 오작동 소식을 전했다. 동네 주민이 오작동을 유도한 후 공장을 약탈해 1조 원어치를 훔쳤다고 한다.

뉴스를 보던 몽이가 짜증을 냈다. 현세는 희망이 없으니 하얀 천국으로 가자고 외치는 하얀천국당의 우주 기도회 소식이었다. 어제 하얀천국당 당수가 우주정거장에서 기도회를 열었고 전 세계에서 1억 명이 홀로그램으로 동시에 참석했다.

"우주의 기운을 받아 우리 모두를 하얀 천국에 이르게 하소서! 인류의 적 호무스노두스를 검은 지옥에 처하소서!"

기자는 리포팅 끝 무렵 하얀천국당의 교세가 창당 5년 만에 열 배로 확장되었다고 말했다. 몽이가 깊은 한숨을 내쉬었다.

다음 뉴스는 호무스노두스를 다뤘다. 김린 일당은 에베레스트에서 부흥회를 열었다.

"인류 영속성을 위한 피할 수 없는 선택은 무엇입니까?"

김린의 얼굴이 나오는 걸 보고 나는 서둘러 뉴스를 껐다. 몽이를 돌아봤다. 겉으론 태연해 보였다.

윈도우월드를 클래식 모드로 바꿨다. 우리는 부엌을 치웠다. 나는 식탁을 행주로 훔치고, 몽이는 바닥을 쓸었다. 오디오에선 바흐 무반주 첼로 모음곡이 흘러나왔다. 햇살 살균기가 다 돌아갈 무렵 모차르트 협주곡 21번이 흘러나왔다. 몽이는 서커스 소녀 엘비라 마디간처럼 가벼운 몸짓으로 음악에 따라 몸을 움직였다. 그러다 갑자기 내 손을 잡았다. 나는 놀랐다.

"블루스 추자." 몽이가 내 눈을 보며 고개를 끄덕였다. "내가 남자 역할을 할게."

우리는 블루스를 춘다. 하지만 이내 이것은 블루스가 아니고, 내가 아는 어떤 춤도 아니고, 그저 우리 둘의 율동에 불과하다는 사실을 알게 되었다.

"내가 아는 블루스가 아니야."

"상관없어, 우리 둘만의 춤이야."

몽이가 씨익 웃었다. 이게 춤이라면 나의 첫 춤이었다. 우리의 첫 춤이었다. 서로의 발이 같은 박자를 찍고, 서로의 팔이 같은 곳을 향하는 우리의 춤. '춤이란 건 무거운 마음을 붕 뜨게 하는구나.' 잠시 잊었다. 어려웠던 일들을. 그리고 어쩌면 나도 춤을 출 수 있을 것 같았다. 때때로 어떤 순간은 한 평생 누릴 행복보다 더 커 보인다. 젊을 때 60일간 사랑을 나누고, 그 사랑을 60년간 그리워하는 순애보가 떠오른다. 어쩌면 나는 지금 30초의 행복으로 30년을 버텨낼 수 있을지 모른다. 인간이 어떻게 우울과 무의미를 견뎌내는지 어렴풋이 알 것 같았다. 이 순간이 있다면 살아갈 수도 있을 것 같다. 행복이 무엇인지는 모르지만, 이 기억으로, 이 한 장면으로 인간으로 태어난 걸 후회하지 않을 것 같다. 나는 보았다, 느꼈다, 인간의 기쁨을.

음악은 베를린필하모닉이 연주하는 베토벤 교향곡 7번으로 바뀌었다. 장엄하면서도 묵직한 음악이 흘러나오자 우리의 움직임도 느려졌다. 그때 윈도우월드가 오디오를 강제로 껐다. 몽이가 실망한 표정을 지었다. 윈도우월드는 속보를 전할 때 오디오를 강제 종료시킨다. 우리는 움직임을 멈추고 모니터를 보았다. 화면에 피범벅이 된 침실이 나타났다.

"속보입니다. 간밤에 'FBI 미래뇌연구소' 신임소장 제이슨 터그 박사가 살해되었습니다."

옆에서 비명이 들렸다. 몽이가 주저앉았다.

"제이슨 터그 박사의 부인 알레나 터그에 따르면 새벽 3시 복면을 한 괴한 네 명이 침실을 급습해 터그 박사를 결박한 후 칼과 야구방망이 등의 흉기로 살해했습니다. 괴한들은 박사에게 휴머노이드라는 자백을 강요했으나 그가 계속 거부하자 박사를 살해하고 두개골을 깨서 뇌 조각을 가져갔다고 합니다.

경찰은 침실에 호무스노두스 내 강경파 호무스아레나의 표식인 파란별이 있었다고 발표했습니다. 호무스아레나는 평소 제이슨 터그를 휴머노이드로 의심해 공공연히 살해하겠다고 협박해온 단체입니다. 제이슨 터그 박사는 그동안 평범한 인간에 비해 지나치게 잘생긴 외모인 데다 연달아 뛰어난 업적을 쌓아서 호무스노두스로부터 휴머노이드라는 의심을 받아왔습니다. 그는 세계적인 컴퓨터공학자로, 이십 년 가까이 수많은 여성 팬의 선망을 받은 유명인이기도 했습니다."

나는 고개를 숙였다. 눈물이 흐르지 않았다. 옆에서 몽이가 흐느끼는 소리가 들렸다.

세상의 많은 죽음엔 어이없는 면이 있다. 어제까지 함께 농담을 나누던 사람이 죽었다, 갑자기. 서로 사랑하고 격려했던 사람이 죽었다, 허무하게. 내 평생 의지가 되었던 존재가 죽었다, 잔인하게. 남은 자는 삶을 이해할 수 없다. 지금껏 태연히 살아온 삶이 가짜로 여겨진다. 우주의 나이 138억 년, 생명의 나이 38억 년. 그 모든 태어남은 기적이었지만, 그 모든 죽음은 변고였다. 죽음은 풀 수 없는 퍼즐이다. 죽은 자와 함께 한 모든 시간이 사라졌다. 그래도 생은 살 만한 것인가.

장례식은 구 런던 시가지에 건설된 메모리얼 빌딩 29층에서 열렸다. 제이슨의 고향인 런던은 르네에서 초음속비행기로 약 30분 거리다. 장례식장 입구에서 멈칫했다. 며칠 전 개울가에서 만난 로잘린이 서 있었다. 틀림없이 나를 만나러 온 것이다. 나는 로잘린의 눈길을 애써 피하며 장례식장으로 들어가려 했다. 그때 그녀가 내 옷깃을 붙잡았다.

"예의가 아닌 줄 알지만, 미안합니다." 여자의 눈에 눈물이 맺혔다. "한 번 더 보고 싶었어요."

사람들이 나를 쳐다보았다. 나는 슬픔보다 더 큰 공포에 사로잡혔다. 보는 눈이 많은 장례식장에서 내가 박서로란 사실이 밝혀진다면 끔찍한 일이 일어날 것이다. 나는 내일 만나자고 말하며 연락처를 건넸다. 마치 비밀 지령을 내리듯. 연락처를 받은 여자는 고개를 숙여 인사했다.

입구로 들어가자 알레나가 우리를 끌어안았다. 몽이가 울음을 터트렸다. 알레나는 결혼한 지 10년 만에 아이를 가져서 지금 만삭이었다. 제이슨 부부는 아이를 갖지 않으려고 했으나 아이가 없는 것도 휴머노이드로 의심하는 증거 중에 하나가 되었다. 그러나 부인이 임신을 하자 호무스노두스는 제이슨의 아이가 아니라고 주장했다. 결국 침실까지 침입한 이들에게 제이슨은 살해당했다. 머리를 여러 차례 망치로 때려 뇌를 조각내는 가장 잔인한 방법으로. 휴머노이드라는 증거는 발견되지 않았다.

구석에서 큰 웃음소리가 들렸다. 돌아보니 창가에서 커피를 마시던 무리들이 수다를 떨고 있었다. 그 옆에 얼큰하게 술에 취한 사람도 보였다. 요즘은 죽음이 빨래처럼 여기저기 널려 있다. 테러가 너무 잦은 탓이다.

정오를 알리는 종소리가 들렸다. 사람들이 모였다. 하얀 옷을 입은 이가 추도식을 진행했다. 이어서 머리뼈를 제외한 유골을 담은 함이 들어왔다. 제이슨의 삶을 다룬 기록 데이터가 화면에 떠올랐다. 내가 두 시간 전에 모든 데이터를 뒤져 급하게 마련한 기록이다. 흐느끼는 몽이를 달래며 나는 제이슨이 없는 삶에 대해 생각해보았다.

나를 인간으로 만든 사람은 노아지만, 훌륭한 기계로 만든 사람은 제이슨이었다. 노아가 내게 어머니 같은 존재라면, 제이슨은 나이차 많이 나는 형 같은 존재였다. 그러나 내가 만든 그의 기록에 나는 없다. 몽이와 노아는 가족보다 자주 나왔다. 늘 함께 했던 사람들이니까. 하지만 나는 감춰졌다. 영상 속에서 내가 본 건 나의 부재였다. 나는 노아의 장례식 영상에도 나오지 않았다. 존재했지만 지금은 사라진 로움, 존재하지만 존재를 드러내선 안 되는 사륜이니까.

화면 속 제이슨이 뉴스 인터뷰를 하다가 말실수를 하자 멋쩍은 듯 활짝 웃는다. 그 모습을 보고 누군가는 따라 웃고, 누군가는 더 처절하게 운다. 나는 저런 실수투성이 인간을 휴머노이드라고 주장하는 어리석음과 질투에 대해 생각했다. 그들이 제이슨을 살해한 이유는 진짜로 휴머노이드라고 믿어서가 아니다. 그가 인간이란 사실을 그들은 알았을 것이다. 그저 질투 때문이었다. 그는 완벽해 보였으니까. 질투심은 나와 상대를 모두 파괴한다.

　추도식이 끝난 후 제이슨의 시신이 수분 장례실로 들어갔다. 사람들이 뒤를 따랐다. 유리창에 연기가 흩뿌려졌다. 초고온 물이 시신을 분해하기 시작했다. 장례식장 여기저기서 울음소리가 터져 나왔다. 주위를 둘러보니 처음 보는 여성들이 통곡을 했다. 제이슨은 스무 살 때부터 팬들이 있었다.

　장례식이 끝난 후 가족과 친한 동료들만 남았다. 몽이는 한 구석에서 제이슨의 부인과 손을 맞잡고 앉아 있었다. 두 사람은 너무 울어서 힘이 하나도 없었다. 표정이 조금 밝아진 것 같았던 몽이는 몇 시간 만에 다시 영혼을 잃어버린 듯한 상태가 되었다. 나는 전쟁, 학살, 폭력 등을 경험했던 프로그램을 하나하나 떠올렸다. 현실과 똑같을 줄 알았다. 그렇지 않았다. 현실의 시간은 그것보다 훨씬 더 무기력하고 비참하다. 고통의 시간은 느리게 흘러간다. 순간순간이 머릿속에 각인된다. 태어난 지 한 달도 되지 않았는데 이 삶은 너무나 길고 지루하다. 기사 콘스탄틴은 직업 없이 산 27년이 얼마나 긴 시간인지 말했다. 나는 그저 무료했을 거라고 짐작했다. 그러나 그게 전부가 아니었다. 고통이 동반된 무료함. 어쩌면 여러 번 자살하고 싶었을지 모른다. 엘리야에게 16년이 얼마나 긴 시간인지 이제야 깨달았다. 엘리야가 왜 자살을 생각하는지도. 고통의 시간은 유난히 길었다.

몽이가 좀 더 있겠다고 해서 혼자 장례식장을 나왔다. 콘스탄틴에게 몽이를 부탁하는 메시지를 남긴 후, 곧바로 지하 고속철 게이트로 들어갔다. 입구에서 마스크를 샀다. 앞으론 자주 얼굴을 가릴 생각이다. 또 누가 나를 박서로로 알아볼지 모르니까. 좌석에 앉아 검은 창밖을 바라보았다. 주위엔 아무도 없었다. 검고 검고 검은 것들이 빠른 속도로 창밖을 스쳐지났다. 지하 고속철이라서 검은 것만 가득한데 창은 왜 만들었는지 모를 일이다. 눈물이 쏟아졌다. 불쑥. 마스크 속으로 하염없이 눈물이 떨어졌다. 박서로였다. 이렇게 우는 존재가 나일 리 없다. 문득 생각이 났다. 박서로는 살아 있다. 내 안에서 울면서 살아 있다. 하지만 그는 이전에 죽었다. 그는 어떻게 되살아났는가. 뇌는 신경가소성이 있어 어지간한 손상은 극복할 수 있지만, 그 또한 심하게 파괴된 경우엔 기대할 수 없다. 그런데 인간이자 인간이 아닌 것이 내 안에서 꿈틀대고 있다.

르네에 있는 집으로 가려다 돌연 연구소로 향했다. 오후 2시, 엘리야는 침대 위에 있었다. 아무것도 하지 않고 두 손을 모은 채 벽에 기대어 앉아 있었다. 눈을 감고 있어서 마치 기도를 하는 것 같았다. 긴 직사각형 병실 끝에 난 작은 들창에서 들어온 햇살이 얼굴에 머물렀다. 나는 그 옆에 털썩 앉았다. 엘리야가 눈을 떴다. 기도하는 것처럼 모았던 두 손을 풀었다. 내 옷차림을 아래위로 훑어보았다. 나는 장례식장에서 입은 그대로 검은 양복 차림이었다.

또 다른 우주

"어디 갔었어? 아침에 안 보였잖아."

엘리야에게 누군가의 죽음을 알리고 싶지 않아서 나는 그냥, 하고 말했다. 다행히 더 묻지 않았다. 엘리야가 입을 거의 움직이지 않고 복화술을 하듯 속삭였다.

"아침에 무언가가 설치되었어."

고개를 들어 주변을 살펴보았다. 모든 변화를 감지하는 pCCTV가 설치된 것 같았다. 엘리야가 다시 속삭였다.

"이제 조심해야 해, 말소리는 줄이고."

나는 고개를 끄덕였다. 엘리야는 눈을 감았다. 신실한 수녀처럼 보였다.

"지금이 빛이 가장 잘 들 때야."

나는 엘리야의 시선으로 창을 보았다. 주먹만 한 창으로 들어온 햇살이 엘리야의 얼굴과 내 얼굴에 닿았다.

"혹시 지금 봄이야?" 엘리야가 말했다.

"응, 봄이야."

"봄 햇살이었구나. 봄이 다가오느라 빛의 살결이 달랐구나."

나는 엘리야를 보았다.

"그걸 느껴?"

"응, 볼에 닿는 빛이 더 포근해졌어."

엘리야에게 봄 햇살을 보여주고 싶었다. 그럴 수 없겠지.

"방금 기도했어." 그녀가 속삭였다.

"무슨 기도?"

"안식을 달라고."

"안식?"

"응, 이제 죽음을 달라고."

짜증이 일었다.

"아, 죽음 같은 이야긴 이제 그만해."

"미안해, 그렇지만 난 이 생각만 하는 걸."

금세 미안한 마음이 들었다. 엘리야의 손을 잡으려다 pCCTV가 의식되었다. 새끼손가락을 살짝 어루만졌다.

"기도도 할 줄 알아?"

"아니, 네가 준 책『우주의 속삭임』에서 알았어. 히스 아들이 테러범에게 납치당하잖아. 그러자 히스는 두 손을 모으고 간절히 기도해. 아들을 무사히 돌려달라고. 신에게. 결국 아들은 죽어. 그런데도 또 기도를 해. 이번엔 아들의 안식을 위해 기도하지."

"그래서 기도를 한 거야?"

"응. 편안하게 죽을 것 같아."

"그 책 다 읽었어?"

"응, 전에는 내가 책을 읽을 수 있는 줄도 몰랐어."

그러고 보니 엘리야는 책도 읽을 수 있었다. 그런 네가 인간이 아니라니.

"궁금한 게 있어. 납치된 아들이 절대 빠져나올 수 없고 고문으로 악명 높은 감옥에 갇혔잖아. 그럼 내 아들이 하루 빨리 죽게 해달라고 빌어야 하지 않을까?"

"왜?"

"매순간 고통스러울 테니까."

탄식이 나왔다.

"그럼 나는 너를 위해 무슨 기도를 해야 해?"

엘리야는 대답 없이 내 손을 잡았다. 갑작스러운 행동에 몸에 힘이 빠져나가는 것 같았다.

"난 기계니까 기도는 필요 없어. 네 자신의 안식을 위해 기도해." 손을 붙잡은 채 벽에 기댔다. "잠시만 이렇게 안식을 취해볼까?"

작은 창으로 들어온 빛이 엘리야와 내 볼에 닿았다. 눈을 감았다. 엘리야가 손을 더 꽉 잡았다. 나는 피하지 않았다. 눈을 뜨니 엘리야가 나를 보고 있었다.

"손이 따뜻하네?" 엘리야가 말했다.

"그런 네 손도 따뜻한데?"

"내 손이 따뜻해?"

"응, 굉장히 따뜻해."

"몰랐어."

"따뜻하고 부드러워."

나는 다시 눈을 감은 채로 대답했다. 우리는 잠시 안식을 취했다. '꿈을 꿨으면.' 그 꿈 속에서 노아와 제이슨과 몽이와 엘리야가 모두 행복하게 살았으면. 꿈을 꾸는 인간들이 다시금

부러웠다. 꿈에서라도 노아와 제이슨을 다시 만나고 싶었다.

　얼마 안 있어 엘리야의 머리가 내 어깨에 툭 떨어졌다. 사근사근 잠을 자는 소리가 들렸다. 푸른 하늘을 보는 꿈을 꾸고 있을까. 볼에 닿는 봄바람을 느끼고 있을까. 벽에 기댄 우리를 감싸는 볕이 따사로웠다. 어쩌면 어느 바깥 세상엔 우리가 꿈꾸는 따사로운 우주가 펼쳐질지도 모른다.

또 다른 우주

13
폐허

 이른 아침 연락해온 로잘린은 가고 싶은 곳이 있다고 했다. 파리였다. 파리는 3년 전 호무스노두스와 하얀천국당의 격렬한 사흘 전쟁으로 폐허가 되었다. 인류의 위대한 작품들을 소장한 루브르 박물관도 파괴되었다. 그 폐허에 로잘린이 서 있었다.
 우리는 센강을 따라 걸었다. 퐁네프 다리터를 건너 맞은편 루브르박물관 흔적을 보았다. 폐허 속에서도 강은 유유히 흘렀다. 로잘린은 말이 없었다. 가끔 내 얼굴을 뚫어져라 볼 뿐이었다. 마치 내가 곧 사라질 것처럼 자신의 시선에 내 모습을 가두려는 것 같았다. 한 시간쯤 걸었을까. 갑자기 그녀가 주저앉았다.

"모든 게 무너졌어."

울먹이는 목소리였다. 어찌해야 할지 몰라서 당황스러웠다.

"당신은 박서로가 아니란 걸 알면서도 혹시나 하는 마음에 이곳으로 데려왔어요. 박서로와 나는 여기 센강을 따라서 여러 번 데이트를 했어요. 내가 혼자 그를 좋아할 때 말이에요. 하지만 이곳은 다 무너졌네요, 우리의 추억도 함께 무너졌죠."

나는 흐린 회색 도시를 둘러보았다.

"당신과 박서로는 분명 다르게 생겼는데, 왜 나는 그를 떠올렸을까요. 얼굴은 다른데, 분명 많이 다른데, 체격도 비슷하고 목소리도 비슷하고 무엇보다 그와 같은 색채를 띤 사람인 것 같았어요. 당신을 보고 박서로를 다시 찾은 것 같아서 이곳에 데려오고 싶었어요."

어쩔 수 없이 나도 그녀 곁에 앉았다. 여자의 눈이 시야에 들어왔다. 눈물이 그렁그렁 맺혀 있었다. 오른손으로 눈물을 닦아 주었다. 로잘린은 흠칫 놀랐다. 나도 내 손의 움직임에 놀랐다.

"미안합니다. 저도 모르게."

"아, 당신은 따뜻한 사람인가 봐요."

로잘린이 애써 미소를 띠었다.

"박서로는 회색빛이었는데 당신은 따뜻하네요. 사람들은 그가 인권변호사였으니까 정이 많은 줄 알았죠. 천만에요. 그는 인간을 싫어하는 인권변호사였어요. 인간의 어리석음과 욕심을 끔찍하게 여겼어요. 딱딱하고 차가운 기계 같았죠. 대학 때

동아리에서 그를 만났어요. 자연 환경이 파괴된 지역을 찾아가 재건 운동을 하는 동아리였어요. 화재로 민둥산이 된 곳에 수많은 나무를 심고, 가뭄이 심각한 곳에 우물을 팠죠. 그런 일에 누구보다도 열심인 사람이었어요. 하지만 그의 내면엔 늘 인간 혐오가 있었죠. 나는 한없이 궁금했어요. 왜 저런 표정일까, 왜 저런 표정으로 저렇게 열심히 하는 걸까. 사건에서 승소해도 의뢰인들은 그에게 고마워하지 않았어요. 재판이 끝나면 그의 차가움에 질렸다고 말하곤 했죠. 2주 동안 행방불명이었다가 식물인간으로 발견되었는데 그동안 찾는 사람도 없었어요. 처음 봤을 때 당신도 그렇게 차가운 분위기였어요. 옅은 회색 같은."

인권변호사였다는 건 처음 알았다. 인간을 싫어하는 인권변호사라니, 당신도 나처럼 아이러니한 존재군. 그런데 차가운 기계 같은 사람이란 표현에 당황스러웠다. 내가 난데없이 눈물을 흘리는 이유는 박서로 때문이라 생각했다. 내가 스스로 눈물을 흘리는 걸까. 아니면 나와 박서로의 결합이 눈물을 만든 걸까.

우리는 함께 일어났다. 다시 센강을 따라 걸었다. 로잘린은 박서로를 회상했다. 그녀가 이 세상에서 완전히 사라졌다고 믿는 사람에 대해서. 박서로는 학부 때 생명과학을 전공했다. 대학 3학년 방학 때 봉사에서 핵폭발 피해자를 만난 것을 계기로 진로를 완전히 바꿨다. 그는 지구상에 100여 명밖에 남지 않은 '인간 인권변호사'가 되었다. 농구나 축구를 좋아했지만 잘하지는 못했다고 한다. "덩치는 그리 큰 남자가 어쩜 그리 운동 실력이 없던지요." 로잘린이 눈물 맺힌 눈으로 웃었다. 요리하는 걸 즐겼지만 잘하는 요리는 오직 볶음밥이었다고. 새우볶음밥, 마늘볶음밥, 김치볶음밥, 비프필라프…늘 볶음밥만 하면서도 자신이 요리사나 되는 줄 착각했다. 그리고 술을 좋아했다. 박서로가 유일하게 차갑지 않은 순간이 취했을 때였다. 그 말을 하면서 로잘린의 얼굴에 미소가 번졌다. 나는 갑자기 멈춰 섰다. 심장이 이상해서, 무언가 너무 뜨거워져서 멈춰야 했다. 로잘린이 나를 보았다. 눈을 감았다가 겨우 입을 뗐다.

"앞으로는 찾아오지 않았으면 좋겠어요."

나는 안간힘을 쓰며 말했다. 그 말을 하는 순간 눈에서 액체가 새어 나왔다. 0.01밀리리터의 물이 눈가에 맺혔다. 옅은 회색 눈물. 말을 할 줄 모르는 박서로는 지금 말이 아닌 것으로 심정을 표현하고 있다. 차가운 척했지만 한때 데이트를 했던 여성이 자신에 관한 이야기를 하니 눈물이 맺혔다. 나는 알 수 있었다. 사랑했다, 눈 앞에 이 여성을. 차마 고백은 못 했으리라. 눈물이 떨어졌다. 로잘린은 놀랐다.

"우는 거예요? 당신은 왜 우나요?"

나는 부끄러워 대답하지 못했다.

"아, 당신은 박서로와 정말 많이 다르네요. 감성적인 분이군요."

폐허

눈물을 훔치며 속으로 외쳤다. '아니야, 이건 박서로의 눈물이야.'

할 말이 없었다. 입술에 힘을 주었다. 고개를 숙였다.

"죄송합니다, 죽은 양어머니가 떠올라서요. 볶음밥을 잘하셨거든요."

이제 인간처럼 거짓말을 할 줄 안다. 선의의 거짓말도 아니다. 악의의 거짓말도 아니다. 그저 모면하기 위한 거짓말이다. 박서로와 내가 함께 공모한 거짓말이다. 내 눈에 핏발이 선다. 박서로는 자꾸만 운다. 그리고 회색의 센강이 낯설지 않게 느껴진다.

"우는 당신을 보니까 완전히 다른 사람인 것 같아요. 네, 앞으로 불편하게 하지 않을게요. 대신 당신이 생각날 때마다 당신을 위해 기도할게요."

"기도 같은 건, 하지 마세요. 더군다나 나를 위해서라면."

"왜죠?"

"전 제 의지로 살고 싶습니다."

"신을 믿지 않나요?"

"나는 나 자신만을 믿습니다."

그리고 노아를 믿었다. 로잘린이 말했다.

"나는 신을 믿어요."

"왜죠?"

"우리가 태어난 이유가 있을 테니까요. 전 세계 100억 인구 대부분이 평생 직업 없이 살아가는 기계자본주의 세상이에요. 신이 없다면 인간은 왜 태어났을까요?"

"제 생각은 달라요. 신이 없으니 우리 불행을 어쩔 수 없는 거겠죠."

"그런 생각은 박서로를 닮았네요."

나는 박서로 이야기에 입술을 깨물었다. 그러나 로잘린은 의심하는 기색 없이 나를 보며 미소를 지었다. 악수를 건넸다. 우리는 손을 마주 잡았다. 로잘린의 손은 평균 성인 여성의 손보다 10% 작고 7% 통통하고, 11.2% 하얗다. 우리는 잠시 손을 꼬옥 잡았다. 로잘린의 손길이 내 감각에 닿았다. 떠오르는 감각숫자는 없었다. 대신에 속에서 뜨거운 것이 올라와서 연신 입술을 깨물어야 했다. 고개를 숙였다. 안녕, 이란 소리가 들렸다. 그제야 고개를 들어 로잘린을 보았다. 나일까, 박서로일까. 누가 로잘린을 보는 것인지 알 수 없었다. 로잘린은 이제 담담해 보였다. 내가 눈물을 흘릴수록 로잘린은 박서로를 더 빨리 잊을 것 같았다. 그녀가 돌아섰다. 나는, 그리고 박서로는, 오래도록 로잘린의 뒷모습을 바라보았다.

그녀를 보내고 난 후 폐허의 공기를 견디기가 힘들었다. 유럽 모든 곳의 하늘이 맑아졌는데 왜 이곳은 아직 이리도 흐리기만 한가. 이곳은 왜 이리 습한가. 이곳은 왜 아직 잔해를 정리하지 못했는가.

교를 만나야 했다. 노아의 남자친구였던 뇌과학자 교는 문제를 해결해줄 것이다. 내 접합에 문제가 있는 게 틀림없다. 자꾸만 난데없이 눈물이 흐른다.

그러고 보니 교는 제이슨의 장례식에 오지 않았다. 제이슨과 친한 사이인데도. 교에게 연락했다. 이내 만나고 싶지 않다는 답장이 왔다. 그래도 나는 만나고 싶다고 메시지를 보냈다. 한 시간 뒤에 찾아가겠다고. 아무 대답이 없었다.

병원 1층에서 그를 기다렸다. 박서로를 아는 사람을 만난 이후 내 안에 박서로가 웅크렸던 자아를 일으키고 있다. 언제 그 실체를 완전히 드러낼지 모를 일이다. 카페 의자에 등을 기대어 눈을 감았다.

'인간으로 태어나 보니 서른 살 남자다.

나를 만든 어머니는 내가 태어난 날 화형당했다.

내 영원한 친구는 협박을 받고 있다.

내 친구 제이슨은 잔인하게 살해당했다.

내 몸 박서로를 기억하는 여자가 나타났다.

박서로는 자꾸만 눈물을 흘린다.

사람들에게 내 존재를 들키는 것은 시간문제일지도 모른다.

일터에는 어느 여성이 16년째 갇혀 있다.

16년 동안 매일 죽음과 다투었고, 이제 탈출과 자살을 원한다.

자신과 별 차이 없는 존재지만 자신과 다른 취급을 받는 내게 도움을 구하고 있다.

나는 해결 방법을 모른다.'

인간으로 태어난 지 아직 한 달도 되지 않았는데 무수한 일이 일어났다. 이런 생각 끝에 눈물을 흘렸으면 좋겠는데 아무렇지도 않았다. 박서로는 자신이 슬플 때만 눈물을 흘리는 이 기적 존재다.

교가 나타났다. 까만색 가운을 입고 나를 노려보듯 강렬한 눈빛으로 다가왔다. 점심시간이 지나 카페는 조용했다.

"왜 불렀어?"

"왜 제이슨의 장례식에 오지 않았습니까?"

"장례식을 왜 가? 이미 죽었는 걸."

"제이슨과 친한 사이 아니었습니까?"

"요즘 테러 때문에 내 주변에 장례식이 많아. 어제도 호무스 노두스 테러로 내 대학 친구 한 놈이 죽었어."

그는 한숨을 쉬었다. 그에게도 죽음과 상실이 일상화된 것이다. 그는 여자친구 노아가 화형당한 후에도 내 상태를 보러 왔다. 속으론 박서로처럼 계속 울고 있을지도 모르겠다.

"그 이야기를 하려고 불렀나?"

"박서로가 내 안에 살아 있습니다."

"박서로? 누구지?"

"내게 몸을 준 남자요. 기억 안 나세요?"

그는 내 얼굴을 찬찬히 살펴보았다.

"그가 사륜 몸에 살아 있다고?"

"정말입니다. 박서로가 살아 있는 것 같습니다."

폐허

"왜 그렇게 생각하나?"

"자꾸만 눈물을 흘립니다."

"고작 그게 이유야?"

나는 고개를 끄덕였다. 그는 어이없는 표정을 짓더니 난데없이 웃음을 터트렸다.

"사륜, 당신은 노아가 특별하게 만든 존재요. 인간보다 감정도 발달했다고."

"그래도 전에는 눈물을 흘린 적이 없어요. 이건 박서로일 겁니다."

"우울증에 걸린 적이 있다고 들었는데."

노아에게 들은 모양이다.

"우울증에 걸려본 휴머노이드는 눈물을 흘릴 수도 있지. 게다가 노아가 죽었어. 그저께는 제이슨이 죽었어. 눈물을 흘리지 않는다면 오히려 이상한 일이야."

"하지만 장례식에선 눈물이 흐르지 않았습니다. 눈물이 내 뜻과는 전혀 상관없는 순간에 흐르곤 합니다."

"그게 감정이야, 이성으론 조절이 안 되는 거."

"그래도 이건."

"노아가 보고 싶어?" 불쑥 물으며 그는 내 눈을 지그시 바라보았다.

"네, 보고 싶습니다. 교는 노아가 보고 싶지 않습니까?" 나도 그의 눈을 마주보았다. 그는 내 시선을 피했다.

"나는 해도 의미 없는 말은 하지 않아."

그는 멀고 먼 그리움을 담은 눈빛으로 말했다. 그 안쪽에 눈물이 숨겨져 있을 것만 같았다.

"여기 위층에 있는 병원을 가 봐. 신경정신과를."

"거길 왜 갑니까?"

"지금 당신은 정신적으로 아픈 게 정상이야. 정신과라도 가 봐. 몽이도 함께."

"당신은 그런 데 안 가도 괜찮잖아요."

"괜찮긴, 버티는 거지."

그가 잠시 뜸을 들였다.

"나도 가."

"당신은 뇌에 대해 잘 알 텐데 그런 곳엘 왜 가나요?"

"약이라도 받으러 가지. 어딘가 많이 아플 땐 이기려 들지 말아야 해. 여봐, 인간들이 하는 극복이란 말을 믿지 마. 슬픔을 극복했다는 인간은 극복한 게 아니라 생각보다 빨리 잊은 거야. 당신도 정신과에 가서 빨리 잊어."

왜 다들 내게 정신과를 가보라고 하는 걸까. 그가 자리에서 일어났다.

"그리고 당신은 죽지 마. 난 죽은 사람 만나러는 안 가니까."

14
증상

 진료실에는 책상 하나와 의자 두 개가 전부였다. 책장도 없고, 침상도 없었다. 책상 위엔 종이처럼 얇은 컴퓨터 한 대만 달랑 놓여 있었다. 보이는 것은 모두 흰색. 벽면도 책상도 의자도 의사 가운도 모두 흰색이었다. 언뜻 보면 엘리야의 병실과 흡사했다.

 의사는 30대로 보이는 남자였다. 진료실에 들어선 나를 향해 미소를 지으며 자리에 앉으라고 권했다. 가까이서 얼굴을 보고는 놀랐다. 깨끗하고 하얀 피부지만 어딘가 모르게 부자연스러웠다. 얼굴을 인공근육으로 둘러싼 것 같았다. 그가 내 표정을 보더니 미소를 띠며 의자를 조금 뒤로 뺐다. 놀랐다. 하반신이 없었다. 하체가 있어야 할 곳은 온갖 시스템이 장착된 기계로 가득 차 있었다.

"보시다시피 저는 기계입니다. 환자의 심리적 안정을 위해 고안된 기계지요. 그러니 편하게 이야기하시면 됩니다."

나는 입을 떡 벌렸다. 자신이 기계임을 이렇게 드러내는 경우는 처음이었다. 그러다 엘리야처럼 취급받으면 어쩌려고 이럴까. 그가 말을 이었다.

"제 장점은 어떤 말을 해도 부담이 없다는 거지요. 편하게 머물다 가면 됩니다."

말하자면 직업상 필요한 커밍아웃이었다.

"저는, 저는 이야기를 하러 온 게 아닙니다. 그저."

"네, 편하게 말씀하십시오."

무슨 말을 꺼내야 할지 몰라서 그의 눈을 보았다. 그는 의례적인 미소를 지었다.

"제가 눈물을 자주 흘립니다."

"눈물을요?"

"네, 슬프지 않을 때도 눈물을 자주 흘립니다. 아니, 내 안에서 누군가는 슬퍼할지도 모르겠습니다."

"신변에 무슨 일이 생겼습니까?"

"특별한 일은 없습니다. 며칠 전 양어머니가 죽었고 그저께 친한 친구가 죽은 것 외엔."

"저런, 큰일이 있었군요. 그 뒤로 눈물을 자주 흘립니까?"

"잘 모르겠습니다."

증상

그는 종이처럼 얇은 투명 컴퓨터를 펼쳐 기록하기 시작했다.

"눈물을 얼마나 자주 흘립니까?"

"한 달 전까지는 눈물을 흘린 적 없었습니다. 그런데 요 며칠 자꾸만 눈물이 납니다."

"다른 증상은 없습니까?"

"없습니다."

"지금도 눈물이 납니까?"

"아니요."

"지금 기분은 어떻습니까?"

"기분은 잘 모르겠고, 실은, 눈물을 흘리는 존재가 내가 아닌 것 같습니다."

"왜 그렇게 생각합니까?"

아무리 기계라고 해도 낯선 그에게 박서로에 대해 이야기할 수는 없었다. 나는 할 말을 고르며 천장을 보았다. 그 순간, 또다시 눈물이 흘렀다.

"보십시오. 내 안의 존재가 자기 이야기를 하니 또 눈물을 흘립니다."

"좀 더 이야기를 해보시겠어요? 그 존재에 대해서."

"그는…심장은 박동을 멈추었으나 여전히 내 안에 살고 있죠. 하지만 더 자세한 이야기는 할 수 없습니다."

그는 내가 말을 잇기를 기다렸다. 우리는 하얀 방에서 하얀 침묵을 들으며 앉아 있었다. 나는 그의 눈동자를 보았다. 밝은 갈색 눈동자엔 수많은 이야기가 담겨 있는 것 같았다. 단지 환자의 이야기뿐일까. 그 순간 그가 인간으로 보였다. 잠시 후 그는 고개를 끄덕였다.

"그럼 약을 처방해 드리지요. 3일만 드셔 보십시오. 아마 눈물 흘리는 존재가 당분간 사라질 겁니다."

"무슨 증상일까요?"

"단정짓기는 어렵습니다. 우울증인 것 같기도 하고, 조현병 초기 증세 같기도 합니다. 하지만 지금 처방하는 약은 그저 신경안정제입니다."

"전에 우울증에 걸렸던 적이 있습니다만, 지금은 많이 다릅니다. 나는 슬프지 않은데, 내 안에서 누군가가 자꾸 슬퍼하며 눈물을 흘린단 말입니다. 조현병도 아닙니다. 난 멀쩡합니다. 단지 그 누군가가 내게 말을 걸려고 시도를 하는 거죠. 눈물로."

"그게 어머니 죽음 이후에 일어난 증상이란 말씀이시죠?"

"네."

의사는 고개를 끄덕였다. 3일 뒤에 오라고 했다. 나는 진료실을 나서다가 뒤돌아섰다.

"그런데 당신은 기계가 맞습니까?"

그는 대답 대신 다시 의자를 빼서 자신의 하체를 보여주었다. 그러곤 어깨를 으쓱했다. 하긴 요즘 정신과 의사 중에 인간이 어디 있겠는가. 환자들은 인간에게 흉금을 터놓지 않는다. 보안1급 승인을 받아 비밀이 완벽하게 보장되는 기계의사를 선호한다. 하지만 그가 스스로 기계라고 하니 오히려 인간일지 모른다는 생각이 들었다. 기계든 인간이든, 기계라는 정체성을 가진 그에게 다음엔 박서로에 대해 솔직히 터놓고 이야기를 해볼까? 나는 우울증도, 조현병도 아니라고. 단지 박서로가 깨어났을 뿐이라고.

병원을 나와서 힘없이 걸었다. 학교를 벗어나서도 계속 걸었다. 시 외곽에서 그림자를 만났다. 명암과 크기가 다른 여러 개의 그림자가 내 앞을, 옆을, 뒤를 둘러쌌다. 주변을 보니 머리 위로 공중택시와 공중버스가 지나는 도로가 교차하고 있었다. 가는 방향이 다르고 크기도 다른 여러 대의 차가 전조등을 켜고 지나갈 때마다 내 그림자가 여러 개 만들어졌다. 왼편에 나보다 두 배 큰 내가 서 있다. 깜짝 놀라서 쳐다보니, 그 사이 오른편에 나보다 훨씬 작은 내가 나를 보고 있다. 나는 차의 불빛에 따라 세 개가 되고, 네 개가 되고, 다섯 개가 되었다. 공중도로와 멀어지자 세 개로 줄고 다시 두 개가 되고 이제 사라지는구나 생각할 무렵 세 개가 되었다. 머리 위를 올려다보니 또 다른 공중도로가 나왔다. 그 모두가 나였다. 세 개도 네 개도 다섯 개도 모두 나였다.

15 불가능

새벽에 연구소에서 긴급 호출이 왔다. 갑자기 침실에 윈도우 월드가 켜졌다. 당직 연구원이 화면에 나타났다. 잠이 덜 깬 상태로 그를 보았다. 입술이 떨리고 있었다.

"빨리 와 보셔야겠습니다."

내가 도착했을 때 엘리야의 목은 붕대로 감싸져 있었다. 의식도 없었다. 다가가 팔목 동맥을 짚어보았다. 심장박동은 느껴졌다.

"자살을 시도했습니다. 경동맥 손상입니다."

"어떻게?"

"책장 모서리로 반복해서 찔렀습니다. 누군가 책을 갖다 주었더라고요."

연구원은 내가 갖다 준 걸 아는지 모르는지 책이란 말을 태연히 했다. 나는 두 손으로 머리를 감쌌다. 이런 일은 상상도 못 했다.

"지혈을 하긴 했는데 경동맥이라서 쉽지 않았어요. 살릴 수 있을까요?"

그가 근심 어린 표정을 지었다. 당직하는 동안 발생한 일이니까 책임감을 느낀 것이다. 나는 고개를 끄덕였다.

엘리야의 피를 성분 분석한 후, 전 세계 혈액보관소의 십억 개 혈액과 비교했다. 성분이 가장 잘 맞는 피를 공수했다. 15분 뒤에 도착한 혈액은 충분한 양이었다. 엘리야와 잘 맞기도 했다. 수혈하는 동안 출혈로 손상된 뇌에 급속 뇌산소공급기를 쏘아주었다. 과다출혈이었지만 처치가 빨랐으니 뇌 손상 없이 회복될 것이다. 일이 너무 쉬워서 오히려 불안했다. 아무래도 나는 죽으려는 엘리야를 자꾸 살릴 것 같다. 엘리야에게 나는 끔찍한 존재가 되겠지.

수혈이 무사히 끝나자 연구원의 표정이 밝아졌다. 미소까지 지으며 자동 녹화 화면을 보여 주었다. 사각지대 없이 모든 곳을 비추고 이상 상태까지 감지하는 pCCTV 화면이다.

엘리야는 조심스럽게 책을 꺼내 읽는다. 처음엔 누군가를 의식하는 듯한 표정이었지만 10분쯤 지나자 책에 집중했다. 마지막 장을 읽을 때까지도 이상한 점은 없었다. 30분 후 책을 덮었다. 그러곤 책을 들고 침대에 누웠다. 새벽에도 모든 움직임과 변화가 촬영되는 것을 아는 엘리야는 이불을 머리끝까지 뒤집어썼다. 이불 속이 움직였다. 잠시.

드드득 소리가 들렸다. 드드득 한 장, 드드득 두 장, 느린 드드득 세 장, 더 느리고 조심스러운 드드득 네 장. 엘리야가 이불 속에서 얇은 메탈릭글래스로 만든 종이 모양 전자책을 찢는 소리가 들린다. 간간이 숨소리도 들린다. 너무나 조심스럽게 한 장씩 뜯어냈을 것을 생각하니 애처롭다. 모두 스물한 장. 이불이 펄럭인다. 지금쯤 찢은 낱장을 하나하나 둥글게 말아서 송곳처럼 찌르기 쉽게 만들고 있을 것이다. 낮은 포복 자세를 취했다가 몸을 뒤집는다. 죽기 위해, 자신을 죽이기 위해 잠자는 숲속의 공주처럼 누운 것이다. 잠시. 30초 뒤 비명이 들렸다. 침대와 이불이 흔들렸다. 드디어 목을 찔렀다. 그러나 자신의 목을 찌르는 일은 쉽지 않다. 고통과 놀람이 함께 흘러나온다. 45데시벨을 넘지 않아야 한다. 엘리야는 가까스로 소리를 억누른다.

처음엔 큰 손상을 입지 않았을 것이다. 종이 모양 전자책은 잘 말아도 모서리가 그리 날카롭지 않으니까. 더군다나 세 번 정도면 구겨진다. 그러나 스무 장이 더 있다. 새 종이를 꺼내 다시 찌른다. 금속유리 소리에 이어서 엘리야의 신음이 새어 나온다. 한 손은 찌르고 다른 한 손으로는 입을 틀어막고 있다. 그러나 숨이 막혀서, 괴로워서, 아파서 자신도 모르게 소리를 내지른다. 그런 고통에도 엘리야는 기계답게 울지 않았다.

불가능

한 장에 서너 번씩, 모두 열여덟 번을 찔렀다. 열여덟 번 짧은 외침이 새어 나왔다. 잠시 침묵이 흘렀다. 그때쯤 피가 흘렀을 것이다. 피를 보았을 것이다. 더 많이 찌르면 중요한 부분에 이를 수 있음을 알았을 것이다. 다시. 열아홉, 스물, 스물하나, 스물둘, 스물셋. 정신이 아득해지고 자신의 손이 공격용 무기처럼 자신을 마구 찌르는 것을 본다. 스물다섯, 스물여섯, 스물일곱, 스물여덟. 엘리야는 자신의 피 냄새를 맡는다.

"독한 것."

연구원이 외쳤다. 거의 죽어가는 몸이었지만 엘리야는 자신이 죽는 광경을 똑똑히 목격하고 싶었던 것 같다. 낱장을 좀더 말아서 모서리를 더 날카롭게 만들었다. 스물아홉, 서른, 서른하나.

하얀 이불 속에서 날카로운 신음이 이어졌다. 서른둘, 서른셋, 서른넷.

아.

44데시벨. 엘리야가 드디어 소리다운 소리를 냈다. 시트가 펄럭인다. 침대 시트에 피가 번진다. 이불에도 피가 배어난다. 마침내 경동맥이 열린 것이다. 댐이 무너지듯 피가 튀어 오른다. 붉은 피가 넘쳐 흐른다. 엘리야의 하늘에서 피 폭포가 떨어진다. 0.8초마다 뛰는 심장박동수에 맞춰서 쏟아진다. 얼굴이 붉고, 뜨겁고, 끈적한 것으로 뒤덮인다. 1~2분 내로 조치를 취하지 않으면 엘리야는 죽을 것이다. 침대가 마지막 밀물처럼 요동쳤다. 서른다섯. 움직임이 느려진다. 더는 찌르지 못한다. 경동맥을 찌른 즉시 의식을 잃기 시작했다. 끊임없이 찌르던 오른팔이 움직이지 않는다. 시트에 흐르던 피가 아래로 떨어진다. 호흡이 가빠진다. 무의식 중에 얼굴을 이불 밖으로 내밀고 크게 숨을 들이쉰다. 얼굴은 온통 땀과 피로 뒤범벅이다. 피투성이 팔이 침대 아래로 툭 떨어진다. 피가 바닥에 흥건하다.

40초 뒤 경보음이 울린다. pCCTV가 피 냄새를 맡고 이상 신호를 감지한 것이다. 긴 경보음이 이어진다. 침대 위는 미동조차 없다. 엘리야는 이미 축 늘어졌다. SALUT가 열렸을 때 엘리야는 희미한 의식 속에서 혼돈에 빠져 있었다. 죽음의 입구에서 피투성이 엘리야가 발견되었다.

24시간 후 엘리야는 SALUT로 걸어 들어왔다. 위아래로 형광색 옷을 입고 다시 자신의 새하얀 방으로 돌아왔다. 엘리야는 인간이 아니므로 적절한 치료나 보살핌을 기대할 수 없었다. 문 앞에서 나를 만났지만 아무 말도 하지 않았다. 못 알아보는 것 같았다. 느린 동작으로 걸어가 침대에 누웠다. 멍한 표정에 눈빛이 흐렸다.

소장은 엘리야가 경동맥을 다치고도 살았다는 사실에 기뻐하는 눈치였다. 바이러스뿐만 아니라 어떤 죽음도 다 내가 막아줄 것이라며 기대를 품었다. 흉기로 변한 그 책을 내가 줬다는 걸 당연히 알 텐데도 문제삼지 않았다. '인류 최고 실험체와 최고 데이터과학자가 만나 세상의 모든 죽음을 막는다'는 홍보자료를 배포하겠다고 했다. 수백조 투자를 받을 거라며 노래를 흥얼거렸다.

  소장실에서 나왔다. 검은 복도를 지나 하얀 방 SALUT를 열었다. 엘리야는 잠들어 있었다. 주변을 둘러보았다. 책과 피 묻은 낱장은 깨끗이 치워져 있었다. 방은 다시 천국처럼 무료했다. 인기척을 냈지만 엘리야는 눈뜨지 않았다. 곁에 앉았다. 영원한 잠에 빠진 것 같은, 그러나 영원히 죽지 못하는 엘리야를 바라보았다.

16
하늘바나나

빗소리에 눈을 떴다.
장막 같은 새벽이다.
긴 고민 끝에 내린 결정인 듯 폭우가 쏟아진다.
누군가의 단호한 결정이다.
베란다에서 빗방울끼리 몸을 부딪치는 소리가 들린다.
138억 년 고민을 끝내기로 한다.
세찬 시간이 쏟아져 내린다.
그대, 안녕히 가시오.

새벽 4시 아직 어둠이 걷히기 전 연구소에 도착했다. SALUT 에 들어갔을 때 엘리야는 어둠 속에서 눈을 밝히며 창을 보고 있었다.

"뭘 봐? 아무것도 안 보이잖아." 내가 물었다.

엘리야는 나를 모르는 것처럼 공허를 바라보다가 다시 창밖을 응시했다. 엘리야가 보는 창에도, 눈속에도 공허가 자리잡은 것 같다.

우선 pCCTV를 껐다. 그리고 엘리야에게 몽이 옷을 주었다. 몽이가 집에서 자주 입는 검정 티셔츠와 얼마 전에 입었던 은회색 치마였다. 엘리야는 말없이 옷을 바라보았다.

"오늘 탈출할 거야. 어디 가보고 싶어?" 내가 말했다.

텅 비었던 엘리야의 눈빛에 생기가 돌았다. 옷을 건네받았다. 내가 이어서 말했다.

"몇 시간 만에 세계 여행을 할 수 있다면 좋겠다."

하루살이는 처음이자 마지막인 하루를 어떻게 보낼까. 하루살이보다 적은 시간이 남은 인간은 어떻게 보내야 하는 걸까.

엘리야가 옷을 갈아 입자 나는 의자 위에 올라가 창문을 열었다. 엘리야가 공기 냄새를 맡도록. 우리는 함께 비 그친 새벽 공기를 느꼈다. 5분 뒤 미리 예약해 둔 자율주행 공중 택시가 도착했다는 신호가 왔다. 차에 타자 혼잣말이 나왔다.

"어딜 가지?"

금세 잡힐 것이다. 아침이 되면 그들은 엘리야가 사라진 걸 발견하고, 범인이 누군지도 알 것이다. 엘리야의 뇌에 있는 위치추적 칩 때문에 연구소 500킬로미터 내에서는 쉽게 추적당한다. 그 범위를 벗어나도 안전하지는 않다. 추적 장치가 약간 교란될 뿐. 위험을 무릅쓰고 엘리야에게 해주고 싶은 것은 단 하나. 소원대로 하늘을 보여주고 싶었다.

"사막."

쉰 목소리가 흘러나왔다. 나는 엘리야의 눈빛을 보았다. 엘리야의 눈 속엔 내가 가득 차 있었다. 입을 열려는 순간 엘리야가 거듭 말했다.

"사막, 태양."

어스름이 걷히는 새벽의 사막 같은 눈빛이었다.

모래, 모래와 달, 모래와 바람, 모래와 언덕.

92분 후 죽음연구소에서 682킬로미터 떨어진 지중해 부근 사막에 도착했다. 2050년대 이후 사막화가 본격적으로 진행된 곳이다. 온통 모래였다. 시야엔 모래바람과 모래언덕, 뜨거운 햇살뿐이었다.

작은 나무 그늘조차 없었다. 차를 세웠을 때는 해가 뜨고 있었다. 온도를 보니 이미 섭씨 35도 가까이 되었다. 아침부터 더위가 몰려왔다. 30분 이내로 40도가 넘을 것이다. 한 시간 후면 50도가 될 것이다. 문을 여는 엘리야를 붙잡았다.

"여기선 30분만 걸어도 죽어."

그 말에 오히려 무표정했던 얼굴이 환해졌다. 내 손을 뿌리치고 앞으로 걸어나갔다. 막 해가 뜬 사막을 향해 성큼성큼 걸어가더니 뒤돌아보았다. 어쩔 수 없이 나도 뒤따랐다. 겨우 섭씨 35도인데도 무덥고 갈증이 났다. 곧 40도가 넘을 테고, 이대로 가면 둘 다 죽게 되겠지. 붙잡혀 죽지 않더라도 열사병으로 죽을 것이다. 엘리야가 혼자 내버려두고 가라고 할까 봐 뒷모습을 놓치지 않고 따라갔다. 그때 엘리야가 모래 위로 고꾸라졌다. 뜨거운 모래사막 위로, 말라 비틀어진 나무가 쓰러지는 것 같았다. 나는 내달렸다. 나무가 넘어가듯 죽어간 노아가 떠올랐다. 무슨 일일까? 괜히 데려온 걸까. 항상 일정한 온도가 유지되는 실내에서만 살았으니 사막에 적응하기 어려웠을 것이다.

엘리야는 모로 누워 있었다. 얼른 안고 차를 향해 뛰었다. 땀이 흘러 발바닥에 차이는 것 같았다. 숨이 가쁘고 심장이 터질 것 같았다. 내 숨소리가 귓가에 거칠게 들렸다. 그때 내 머리를 잡아당기는 손길이 느껴졌다. 내려다보니 엘리야가 나를 보며 웃고 있었다. 웃어? 나는 우뚝 멈추었다.

"무슨 짓이야?"

화가 치밀었다. 엘리야를 내려놓았다. 내 숨소리가 더 거칠어졌다.

"쓰러진 줄 알았잖아."

거친 말에 오히려 엘리야의 눈이 반짝거리고 입꼬리가 올라갔다. 알고 보니 엘리야도 장난꾸러기였다. 하지만 나는 인간의 장난에 대처할 줄 모르는 존재다. 엘리야의 얼굴에는 모래가 잔뜩 묻어 있었다. 모래를 털어주는데 짜증이 일었다. 불쑥, 눈물이 흘렀다. 울보. 짜증이 나도 눈물이 샘솟는다. 화가 나고 짜증이 나고 걱정이 되었다.

"괜찮아."

엘리야가 말했다. 나는 뭐가 괜찮냐고 묻고 싶었다.

"아직 하늘을 제대로 보지 않았잖아, 그래도 괜찮아?"

"괜찮아."

목소리가 힘겨웠다.

모래를 털어낸 엘리야의 얼굴은 열 살 아이처럼 맑았다. 열두 살 소녀 시절 뒤로 인간의 삶을 살지 못한 엘리야는 몸만 자라 버렸다. 나는 태어나자마자 서른 살 어른이 되어버렸고, 너는 그런 일을 겪고도 모든 게 괜찮은 열두 살에 머물고 있구나.

"뜨겁긴 했어, 모래가."

엘리야가 머쓱한 표정을 지으며 웃었다. 아이처럼 웃을 줄 안다는 걸 처음 알았다. 이 존재는 울 줄은 몰라도 웃을 줄은 알았다. 햇살이 엘리야의 얼굴에 머물렀다. 찬란한 봄빛 물결이 엘리야의 볼을 어루만지고 있었다. 문득 만지고 싶다는 생각이 들었다. 하지만 그럴 수 없었다. 엘리야는 기계니까. 그렇게 믿으니까. 엘리야가 말했다.

"동물원."

"동물원? 동물이 보고 싶어?"

고개를 끄덕였다. 그러더니 또다시 모래 위로 넘어진다. 나를 괴롭힐 작정인가. 이해할 수 없다. 엘리야는 뜨끈하게 데워진 모래를 얼굴에 비벼대며 미소를 짓는다. 모든 것이 죽은 사막이 엘리야에게는 숨을 쉬게 하는 낙원인 것 같다.

엘리야를 다시 일으켜 세웠다. 아침 태양이 솟아올라 몸에 붙은 모래가 금빛으로 반짝였다. 금빛 가루를 털어내며 엘리야가 얼마나 아름다운 존재인지 생각했다. 정확한 표현을 위해 감각숫자로 파악하려고 했지만 떠오르지 않았다. 존재 자체가 아름다웠다.

자율주행 공중 택시로 사막을 달렸다. 간간이 내려 하늘을 보았다. 구름 한 점 없는 하늘 30초, 양떼구름 20초, 천둥번개를 느끼며 30초, 태양을 그리워하며 50초. 짧게 머물고 다시 출발했다. 하늘을 보려고 탈출했으니 시시각각 변하는 하늘을 봐야 했다. 하지만 1분 이상은 안 된다. 한 자리에 오래 머무르면 금세 추적당할 것이다.

지도 데이터상 제일 가까운 아테네 동물원에 내리자 오전 9시였다. 규모는 크지 않았지만 실제 생김새가 궁금했던 동물들이 많이 있었다. 사자, 기린, 미어캣, 자라, 맹그로브뱀, 라쿤, 사막여우, 프레리독, 모란앵무, 지구상에 마지막 남은 세 마리 중 하나라는 코끼리. 엘리야와 나는 우리 앞을 지날 때마다 감탄사를 내뱉었다. 우아, 소리가 나는 곳을 돌아보니 몸만 큰 어린 소녀가 미어캣 우리 앞에 서 있었다. 동물들의 기이하고 생동감 넘치는 모습에 엘리야가 흥분했다. 나도 동물을 이렇게 가까이서 보기는 처음이었다. 엘리야와 함께한 오늘은 매 순간 우리의 처음이자 마지막이었다. 나도 사막이 처음이었다. 그렇게 작열하는 태양도, 타는 듯한 더위도 처음이었다. 동물도, 동물원도 처음이고, 새벽 여행도 처음이고, 만나는 감각마다 처음이다. 내 안의 무수히 많은 데이터를 조정해야 했다. 실제는 그게 아니라고, 그런 숫자가 아니라고.

엘리야를 바라보았다. 즐거워 보였다. 난생 처음 즐거워하는 것 같았다. 우리는 창을 깨고 나왔다. 실제 기쁨을 알았다. 최초이자 마지막 데이터가 우리 뇌에 새겨졌다.

엘리야가 원숭이 우리 앞에서 떠날 줄 몰라 나는 그 옆 조류사로 향했다. 전부터 보고 싶었던 새를 찾기로 했다. 매. 내가 그리워했던 매는 5미터 너비의 조류사 저 끝에 앉아 있었다. 인간은 원래 나무 위에서 살았다. 하늘을 나는 새가 부러워 끝없이 날아올랐으나 날개가 없는 인간은 번번이 추락했다. 진화 과정에서 나무에서 떨어져 죽은 인간이 참으로 많았다.

공룡은 달랐다. 공룡은 새가 되었다. 아무것도 포기하지 않고 날기를 원했던 인간과 달리 공룡은 몸을 자꾸만 줄였다. 욕심을 버리고 버려서 마침내 새가 되었다. 소행성 충돌로 덩치 큰 공룡은 사라졌지만 몸집을 줄인 공룡은 살아남아 드높이 날아올랐다.

매는 날다가 날갯짓을 멈추고, 날다가 날갯짓을 멈춘다. 새장 높이는 겨우 5미터. 인간의 시야로는 높지만, 8000미터가 넘는 히말라야산맥도 거뜬히 날아오르는 매에게는 너무 낮다. 매는 날갯짓을 하다 멈추고, 날다가 부딪치고, 날아오르다 현실에 가로막혔다. 새장의 매는 한 번도 제대로 날아본 적이 없다. 높이 날 수 있다는 사실조차 모른 채 죽을 것이다. 사육사의 실수로 문이 열려 저 하늘로 날아가게 된다 해도 조금 날다가 날갯짓을 멈출 것이다. 처음 보는 하늘이 너무 높기 때문에.

갑자기 사이렌 소리가 울렸다. 들켰구나! 놀라서 돌아보니 엘리야가 뛰어오고 있었다. 품안에 긴꼬리원숭이를 안은 채.

엉겁결에 함께 뛰었다. 엘리야가 소리를 질렀다. 공포 때문에 지르는 비명이 아니라 기쁨에 겨운 환호성이었다. 내가 아는 가장 활달한 여성, 케이만큼이나 즐거운 목소리를 내질렀다. 지금껏 살아오면서 최고로 기분 좋은 순간이다. 모든 것이 괜찮은, 아니 최고로 좋은 엘리야.

차에 간신히 올라탄 후 숨을 골랐다.

"왜 그랬어?"

엘리야의 품에서는 작은 원숭이가 고개를 내밀고 있었다.

"얘는 곧 실험실에서 죽을 거야. 탈출시켜야지."

즐겁게 웃는 엘리야를 보며 나는 막막했다. 눈에 띄는 짓을 했으니 우리를 쫓는 사람이 더 늘 것이다. 시계를 보았다.

"아마 30분 내로 잡힐 거야."

"괜찮아, 이제 시장에 가." 엘리야가 말했다.

"시장?"

"사람들이 많은 곳."

"거긴 잡히기 쉬워."

"괜찮아."

엘리야는 미소를 띠며 또 괜찮다고 대답했다. 탈출한 지 5시간. 이제 어딜 가도 잡힐 확률이 높다. 또 잡힌다면 엘리야는 영영 탈출이 어려운 노예가 될지 모른다. 하필 사람이 많은 곳이라니. 남은 시간은 얼마 없고, 쫓아올 이들은 많고, 원숭이는 서식지를 찾아 풀어줘야 하고, 해결하기 어려운 일들로 머릿속이 뒤죽박죽되었다. 하는 수 없이 자율주행 경비행기를 불렀다. 비행기로 갈아타면서 최고 속도로 설정했다.

급하게 데이터를 뒤져 보았다. 3200만 명이 산다는 세계 최고 인구 밀집 도시 뉴델리의 북부를 찾았다. 긴꼬리원숭이가 서식한다는 곳이다. 근처에 대형 시장도 있었다.

출발 직후 엘리야는 놀란 표정을 지었다. 높은 고도를 나는 비행기 여행은 처음이니까. 그러나 이내 평온을 되찾았다. 줄곧 창에 얼굴을 바짝 댔다. 원숭이가 엘리야의 품을 들락거리며 재롱을 부렸다. 엘리야는 원숭이를 어루만지면서 옅은 미소를 지었다.

잠시 후 엘리야가 창밖을 가리켰다.

"구름?"

나는 고개를 끄덕였다. 나도 가까이에서는 처음 보았다. 구름 사이로 햇살이 우리를 비추었다. 아름다운 것을 만날 때마다 감탄하면서 동시에 서러웠다. 햇살은 서럽게 찬란했다. 나는 나를 비참하게 느끼는 걸까. 언제쯤 아름답고 빛나는 것들을 온전히 받아들이는 존재가 될까.

"예뻐."

황홀한 구름 사이를 지날 때 엘리야가 외쳤다. 손차양을 만들어 햇살을 가리며 환하게 웃었다.

뉴델리에 내렸다. 뿌연 먼지가 밀려들었다. 먼지 속으로 무수히 많은 사람과 원숭이가 보였다. 원숭이는 어디에나 있었다. 시장에, 길에, 난간 위에 무리 지어 몰려다녔다. 엘리야는 품에서 원숭이를 놓아주었다. 원숭이는 뒤도 돌아보지 않고 순식간에 시야에서 사라졌다. 움직임이 너무 빨라 섭섭할 정도였다. 우리는 원숭이가 사라진 길을 바라보았다. 자신을 해방시켜준 엘리야를 향해 뒤돌아 고마운 기색이라도 내비쳐야 하는 게 아닐까. 곧 이것이 인간중심적 사고라는 것을 깨달았다. 나는 인간에 의해 길러졌으니 어쩔 수 없었다. 원숭이가 떠나자 인파가 눈에 들어왔다.

"사람이 너무 많아."

내 말을 들었는지 못 들었는지 엘리야는 시장을 향해 나아갔다. 오전 10시도 안 되었지만 시장은 사람들로 북적였다. 위치 추적 장치가 교란될 수도 있을 것 같았다. 그러나 이미 지명수배되었다면 순식간에 잡힐 위험도 높았다. 나는 엘리야를 놓치지 않으려고 바짝 뒤따랐다. 우리는 시장 입구 바나나 좌판

앞에 멈춰 섰다. 노란 바나나. 나도 엘리야도 실제론 처음 보는 과일이었다.

엘리야가 바나나를 가리켰다. 상인이 500루피라고 하자 엘리야는 내 얼굴을 쳐다보았다. 공용화폐가 저장된 카드를 꺼냈다. 엘리야는 그것을 살피더니 상인에게 건넸다. 우리는 상인이 결제하는 모습을 숨 죽이고 지켜보았다. 무사히 결제가 되었다. 엘리야는 바나나를 받아 들고 피식 웃었다. 그런 엘리야를 격려하듯 나도 마주보며 웃었다.

40도 열기가 몸을 감쌌다. 우리는 서로 땀을 닦아주었다.

"그 사람한테, 구매하는 법 배웠어. 기계자본주의에 대해 들었고."

엘리야가 띄엄띄엄 말했다.

"그 연구원 너를 사랑했다던데."

엘리야의 얼굴이 한순간에 일그러졌다. 아차, 미안한 생각이 들었다.

라씨를 파는 상가 앞에는 손님이 너무 많았다. 구경하는 엘리야의 눈에 더위 때문에 생긴 갈증과 음료를 향한 갈망이 담겨 있었다. 사람 많은 곳을 피해 그 옆 가게로 들어갔다. 시원한 수박 주스를 두 잔 주문했다. 나도 처음으로 결제를 해 보았다. 우린 처음으로 기계자본주의 속에 들어가 보았다.

음료를 마시면서 튀김만두를 파는 가게를 둘러보았다. 여긴 이곳 공기만큼이나 뜨거운 음식도 많았다. 근처 실내 시장을 향해 걸었다. 오래된 건물이라서 옥외계단을 이용해야 했다. 한 층 올라간 후 엘리야가 내게 바나나를 건넸다.

"선물."

나는 노란 선물을 받았다. 갑자기 웬 선물이냐고 묻고 싶었지만 아무 말도 하지 않았다. 우리는 아래를 내려다보며 바나나 껍질을 벗겼다. 그러고 보니 아침을 못 먹었다. 배가 고픈 게 당연했다. 내 데이터상 가장 맛있는 바나나였다. 엘리야는 한 입 베어 물곤 눈이 커졌다. 만족한 듯 환하게 웃었다. 두 번째 바나나 껍질을 천천히 벗기면서 말했다.

"바, 나, 나." 또박또박 말했다.

껍질을 벗긴 바나나를 또 내게 건넨다. 우리는 마주보며 웃었다. 둘 사이에 달콤하고 부드러운 봄이 지나는 것 같았다. 서로를 한동안 바라보았다.

"바나나, 나나나바나나." 엘리야는 아무 의미 없는 말을 내게 했다.

"바나나, 바나나나나나." 나는 아무 의미 없는 말을 받으며 웃었다. 우리는 이종異種 간에 처음 대화를 나누는 존재들 같았다. 서로 어떤 종인지는 중요하지 않았다.

엘리야가 바나나를 만진 손을 뻗어 내 손을 잡았다. 내 심장이 숫자로 파악되지 않는 박동을 시작했다. 내게 무어라 말을 할 줄 알았는데 엘리야는 '사막, 뜨거운 사막'이라고 했다. 나는

'원숭이, 탈출한 원숭이'라고 받았다. 하지만 우리는 눈빛으로 더 많은 대화를 나눴다. 두 손을 잡고 함께 하늘을 보았다.

"하늘." 엘리야가 말했고,

"너." 내가 말했다.

"너." 내가 말했고,

"하늘." 엘리야가 대답했다.

다시 계단을 올랐다. 옥상은 7층이었다. 엘리야가 마지막 남은 바나나를 내게 건넸다. 나는 껍질을 벗겨서 도로 엘리야에게 건네주었다. 엘리야는 신이 났는지 바나나를 먹으면서 고개를 끄덕거렸다. 기분이 좋을 때면 몸을 흔들어 대는 몽이가 떠올랐다.

"바나나나나나나나나."

바나나를 씹으면서 알 수 없는 소리를 냈다. 바나나는 노래 부르기에 좋은 과일이었다. 어린아이 같은 엘리야에게는 그랬다. 바나나나나나나나나 나나 나나나나 나나나 나나나나. 바나나에 멜로디를 실으니 동요처럼 들렸다. 아래에서 시장의 소음이 커졌다. 엘리야의 노랫소리도 덩달아 커졌다. 엘리야는 중간에 기침을 하고 다시 노래를 부르려고 하늘을 보았다. 두 팔을 벌려 하늘을 누렸다.

"바나나나나나나나나나나나나나나바나나나나나나나나나나나나나나나나나나바나나나나나나나나나."

달콤함이 공기 속에 퍼졌다.

하늘바나나

아래에서 들려오는 소음에 또다른 소리가 섞였다. 내려다보니 국제경찰차가 건물 아래에 서 있었다. 경찰 두 명이 차에서 내려 계단으로 들어섰다. 오전 11시. 생각보다 오래 버텼다. 고개를 들자 엘리야가 옥상 가운데에서 반대편 난간에 서 있는 나를 향해 웃었다.

시간이 얼마 남지 않았다. 괜찮다. 엘리야의 눈이 반짝였다. 괜, 찮, 아. 엘리야는 아빠에게 바나나를 얻어먹은 아기처럼 행복한 얼굴로 나를 보았다. 입술을 벌리며 웃었다. 시간이 얼마 남지 않았지만, 괜찮다. 그저 하늘을 바라보며 맛있는 바나나를 노래할 뿐.

엘리야에게 다가갔다. 우리는 가볍게 안았다. 작은 엘리야를 안은 채 눈을 감았다. 이번엔 내가 말했다.

"하늘?"

엘리야가 안긴 채로 고개를 들어 푸른 하늘을 보았다.

"하늘 바나나나나나나나나나나나나."

의미 없는 말을 계속 속삭였다. 하얀 이를 드러내며 웃었다. 세상에서 제일 행복한 표정으로. 나는 엘리야의 귓가에 대고 말했다.

"하늘 그리고 바나나"

엘리야의 웃음소리가 들렸다.

"하늘늘늘늘늘늘늘늘늘늘늘늘늘 바나나나나나나나나나나나나나나나나나나."

엘리야는 행복을 알게 된 것 같았다. 선물 같은 바나나의 달콤함, 그리워했던 푸른 하늘, 온전하고 따사로운 봄 햇살. 어떤 최고의 순간이 엘리야의 얼굴에 잠시 머물렀다. 나는 엘리야의 목소리를 들었다. 엘리야의 눈이 반짝거렸다. 푸른 하늘이 깊은 동공에 맺혔다. 노란 바나나가 입속에서 헤엄쳤다. 행복한 사진이 찍혔다. 그 순간 엘리야의 목을 붙잡았다. 얼마 전 크게 다친 목이 손아귀에 잡혔다. 붕대 안쪽에 상처가 짚이는 것 같아 나는 입술을 깨물었다. 가녀린 몸이 끌려왔다. 놀란 엘리야의 눈이 커졌다가 이내 고개를 쳐들고는 몸에 힘을 풀었다. 억, 하늘을 노래하던 엘리야의 숨이 막혀갔다. 입이 벌어졌다. 벌어진 입으로 조금 전 먹은 달콤한 바나나 향이 퍼져 나왔다. 몸에 힘이 풀려갔다. 눈가에 눈물이 맺혔다. 그런 와중에도 눈에 힘을 주었다. 그 눈에는 하늘이, 저 드넓은 호수가 가득 담겨 있었다. 난간에 닿았을 때, 나는 주저하지 않았다. 두 팔에 힘을 주었다. 재빠르게 끝내야 했다. 엘리야의 시선을 피하면서. 그대로. 한 번에 아래로 던졌다. 하늘에서, 공중에서, 바나나 껍질처럼 가벼운, 날개가, 펼쳐진다. 한없이 가벼운 엘리야가 날갯짓을 한다. 하늘을 보며. 하늘에서. 그렇게 떨어진다. 아름다워서 더 서러운 하늘. 하늘을 보며 떨어진다. 인간의 몸을 한 기계로 살아온 16년 시간이 흩어진다. 결코 괜찮지 않았을 시간이 끝난다.

 비행은 짧았다. 엘리야는 아래로 곤두박질쳤다. 나는 뒤돌아섰다. 빨리 내려가야 했다. 경찰이 찾기 전에 엘리야의 시신을 수습해야 했다. 5층에서 경찰을 마주쳤지만 그들은 그대로 지나쳤다. 내게는 추적 칩이 심겨 있지 않으므로.

엘리야 주변은 붉은 피로 흥건했다. 처참하게 일그러진 시체. 살이 터지고 두개골이 깨진, 너무나 인간 같은 죽음. 시체가 흉측해 오히려 다행이었다. 나는 잔혹해질 수 있었다. 호무스 노두스처럼 엘리야의 부서진 뇌 속을 뒤졌다. 혹시 엘리야의 영혼이 남아있을지도 모르니. 생각보다 뇌가 많이 부서지지 않아서 주변에 있는 철제의자를 가져와 내리쳤다. 어느새 사람들이 나를 둘러쌌다. 그들의 비명이 내 귓가에 울렸다. 그을린 피부의 남자가 다가와 나를 말렸다. 아랑곳하지 않았다. 산산이 부숴야 했다. 강력한 것을 깨뜨려야 했다. 내가 가진 모든 힘을 써야 했다.

드디어 마이크로칩을 찾았다. 엘리야의 기계성을 증명하는 그것. 피 묻은 칩을 삼켰다. 뇌를 먹는다고 생각한 사람들이 소리쳤다. 눈을 감았다. 엘리야가 내게 오는 것이 느껴졌다. 엘리야는 이제 인간이 재활용할 수 없을 것이다. 몸으로도, 기계로도 다시는 태어나지 않을 것이다. 대신 내가 죽을 때 나와 함께 우주에 흩뿌려질 것이다. 생명으로, 인간으로 대접받을 것이다.

경찰이 다가왔을 때 나는 비실비실 웃으며 동시에 울었다. 노래를 부르고 싶었다. 춤을 추고 싶었다. 바나나에 대해, 하늘에 대해, 하늘 바나나에 대해, 죽음에 대해, 인간으로 취급받지 못한 인간에 대해.

17
불확정성원리

 인도 현지 경찰은 엘리야가 인간이 아니란 사실을 확인한 후 훈방 조치했다. 나는 내일 죽음연구소가 있는 유럽 현지 경찰서에 출두해 관련 진술을 할 예정이다. 엘리야가 대륙을 돌아다니며 마지막 하루를 살고, 내 손에 죽고, 내가 인도 경찰서에서 진술을 마치기까지 12시간도 걸리지 않았다. 모든 것이 어쩌면 꿈이거나 시뮬레이션의 시뮬레이션이 아닐까.

 "늦게 오셨네요. 당신이 오늘 마지막 환자입니다."
 진료실 문을 열자 의사가 나를 반겼다. 몸의 절반 이상이 기계인 정신과 의사가 특유의 따뜻하고 기계적인 미소를 지었다. 의자에 걸터앉아서 무슨 말을 해야 할지 생각했다. 또 누군가가 죽었다고 할까? 누군가가 죽었는데 그 사람이 아니, 그 기계가 사람인지 기계인지 모른다고 할까? 이번엔 정말 슬픈 감정이 드는데 눈물이 흐르지 않는다고? 우울증이 무엇인지 물어볼까?

 죽음, 우울, 눈물, 기계, 사람……. 모두 이 상황에서 적절한 말인지 모르겠다. 창으로 들어온 어둠이 우리를 물들였다. 의자가 가라앉는 것 같았다. 의사는 재촉하지 않았다. 나는 고개를 숙이고 내 마음을 표현할 말을 고르다가 한숨을 쉬었다. 그의 얼굴을 보았다. 다시 고개를 숙였다. 말없이 10분이 흘렀다. 자리에서 일어났다.

 "죄송합니다."

 밖에는 장대비가 내리고 있었다. 우산을 챙겨오지 않았다. 병원 현관에 서서 비를 바라보았다. 물동이로 퍼붓는 것 같은 비였다. 그 누구도 피할 도리가 없는 비다.

 "우기가 오나 봅니다."

 어느새 의사가 내 뒤에 서 있었다. 휠체어 손잡이가 내 손 끝에 닿을 듯했다.

 "이제 퇴근하시나요?"

 "아뇨, 정리를 좀 해야 합니다."

 그는 흰 가운 주머니에서 무언가를 꺼내 물었다. 13.5센티미터 길이의 파이프에서 연기가 피어올랐다. 처음 맡는 냄새였다.

 "담배를 피우십니까?"

그가 희미하게 웃었다.

"당신이 담배라고 생각하면 담배고, 약이라고 생각하면 약입니다."

"그럼 전 담배라고 생각하겠습니다."

우리는 쏟아지는 비 앞에 서서 말없이 빗소리만 들었다. 그가 입을 열었다.

"내게 정말 기계냐고 물어본 사람은 당신이 처음입니다."

뜻밖이었다. 나는 그를 쳐다보았다. 빗물이 하체에 튀자 그가 손으로 닦아냈다. 차가운 하체는 미세한 움직임에도 날카로운 소리를 냈다. 그 소리를 들으며 말했다.

"당신이 자신을 기계라고 말하는 순간, 오히려 인간이란 의심이 들었습니다. 당신 눈빛도 도무지 기계 같지 않아요."

그가 한 모금 깊이 빨더니 피식 웃었다. 빗소리가 귀를 때리듯 시끄러웠다.

"우리는 양자 같은 존재죠. 상대방의 인식에 영향을 받습니다. 환자가 이런 외모의 나를 당연히 기계라고 생각하는 순간 나는 기계가 되고, 그래도 인간이라고 생각하는 순간 나는 인간이 됩니다. 상대방의 인식은 내 정체성을 결정하는 중요한 요인이 되죠."

"나는 당신이 인간의사든 기계의사든 상관이 없습니다만, 그러는 당신은 스스로를 무엇이라 생각합니까?"

그는 연기를 뿜었다.

불확정성원리

"그게, 나도 모르겠습니다. 왜 기계, 인간 둘 중에 하나로만 나를 정의해야 하는 건지도 모르겠어요. 저는 그저 약쟁이 환자예요, 약을 좋아하거든요."

그가 또 피식 웃었다. 나는 그의 말에 고개를 끄덕였다.

"저는 방금 무언가를 죽이고 왔습니다."

빗소리가 점점 커졌다. 빗소리에 내 말이 묻히기를 바랐다. 빗소리는 진실을 감추기도, 드러내기도 쉬웠다.

"모두가 그를 기계라고 여기는데, 그는 기계가 아니었습니다. 내가 그의 시체를 보았거든요. 오늘 그의 피가 우주에 흩뿌려졌습니다. 병원에 온 이유는 이 말을 하고 싶어서였습니다. 내가 죽인 존재는 기계가 아니었다고. 분명 생명인데 사람들은 내가 생명을 죽인 게 아니라고 말한다고. 그들은 내가 살인죄를 저지른 게 아니라고, 재물손괴죄를 저질렀다고 합니다."

의사는 두 번째 담배를 꺼냈다. 긴 손가락 사이로 지문이 보였다. 하얗고 달콤한 연기가 허공에 피어 올랐다. 그가 조금 몽롱해진 눈빛으로 말했다.

"그런데 왜 그 생명을 죽였습니까?"

"그조차도 자신을 기계라고 믿어서요."

"죽여서 생명임을 증명했군요."

두 번째 담배를 다 피운 그는 취한 듯 묘한 미소를 지었다. 그럼 이만, 그가 휠체어를 움직일 때마다 날카로운 기계음이 들렸다. 그가 진료실에 들어가는 소리를 들은 후 나는 현관에 털썩 주저앉았다.

  이 비가 언제 그칠지 모르겠다. 나는 이제 아무것도 모른다. 엘리야가 인간인지 인간이 아닌지 나는 모른다. 머릿속에 칩이 있으면 인간인가 기계인가. 내가 인간인지 기계인지도 모른다. 나를 인간이라고 인식시켜줄 존재가, 혹은 기계라고 인식시켜줄 존재가 죽었기에. 내가 아는 것은 하나다. 그런 구분 짓기 속에서 수많은 존재가 연이어 살해당했다.

불확정성원리

18
친구

 예상대로 나는 법적 처벌을 받지 않았다. 엘리야는 인간이 아니기에 살인죄가 성립하지 않았다. 그러나 죽음연구소는 내게 손해배상을 청구해왔다. 엘리야의 가치에 비해 적지만, 몽이와 함께 사는 집을 팔아야 갚을 수 있는 금액이었다. 게다가 죽음연구소에서 해고당했다. 행정직원이 부과된 빚과 실직 소식을 전했다. 이것이 인간의 현실이었다. 폭력, 죽음, 빚, 실직. 슬픈 영화는 끝났다. 이제 슬퍼할 여유도 없는 현실을 살아야 한다. 인간의 삶은 원래 이랬다.
 138억 년을 살았지만 인간에게 돈의 의미가 무엇인지 제대로 이해하지 못했다. 재산이고 무기이고 권력이고 가능성인 것, 어떤 것과도 교환할 수 있는 것. 프로그램 '빅쇼'에서 겪은 일들이 떠올랐다. 빚으로 인해 노예가 되거나, 자살하거나, 타인을 살해하는 인간들. 나는 엘리야를 탈출시키면서 한 번도 돈 문제나 실직을 예상하지 못했다. 인간의 가장 큰 능력은 미래 예측이라고 했던가. 내게는 아직 그런 능력이 없었다.

사무실 짐을 정리한 후, 연구원들과 형식적으로 인사를 나누었다. 현관을 나서니 정오였다. 무작정 걸었다. 막막했다. 갈 곳이 없었다. 실직을 하고 보니 시간은 더 길어졌고, 도피처는 사라졌다. 문득 걸음을 멈추었다. 어제 찾은 정신과를 다시 찾기로 했다.

대기실에는 환자들이 기다리고 있었다. 기다리는 동안 왜 이곳에 또 왔는지 생각했다. 한 시간 30분 뒤에야 그를 만날 수 있었다.

"또 오셨군요."

그는 인공 안면근육을 움직이며 미소를 지었다. 어찌된 영문인지 이제 그의 미소가 전혀 인공적으로 보이지 않았다. 믿고 싶은 대로 보는 것. 그의 정체성을 나는 달리 보게 되었다. 내게 그는 인간이거나 나와 같은 존재다. 무엇이든 간에 우리는 불확실한 존재다.

"우울증에 걸리는 약을 처방해주십시오."

"다시 말씀해주시겠습니까?"

그의 우측 눈가가 옅게 떨렸다.

"우울증에 걸리는 약이요."

"그러니까 우울증을 치료하는 약이 아니라 우울증에 걸리는 약을 원하신다고요?"

"네, 한 일주일간 우울에 빠지고 싶습니다."

"왜죠?"

"최근 제 주변에서 많은 존재들이 죽었습니다. 그리고 저는 빚쟁이가 되었습니다. 그런데 눈물도 안 나고 슬프지도 않습니다. 당분간 깊은 슬픔에 빠지고 싶습니다."

"그럼 수면제를 처방할 테니 주무세요. 우울증에 걸리는 약은 위험합니다."

"아니, 더 깊은 슬픔에 빠지고 싶습니다. 우울증이 좋겠습니다."

"그런 약은 자살하고 싶어질 수 있습니다."

자살이란 말에 아연해졌다. 여전히 자살은 내게 어려운 숙제였다.

"그냥 우울증에 빠지는 약은 없습니까? 그러니까 극심한 우울증에 빠지지만 자살하지는 않는 약."

"극심한 우울증에 빠지고도 살아간다면 그는 강한 사람이고, 나중엔 그 순간을 웃으며 말할 겁니다. 인간은 대체로 우울에서 헤어날 수 없을 때 죽음을 택합니다. 그게 우울증의 끝입니다."

"혹시 당신도 그런 적 있습니까?"

의사가 눈을 깜빡였다. 재차 말했다.

"그러니까 그런 기분이 들 때가 있었나요?"

그는 멋쩍은 듯 투명 모니터를 뒤적였다. 고개를 숙인 채 그는 담담하게 말했다.

"나는 기계입니다. 그런 건 모릅니다."

"어제는 왜 약을 했죠? 혹시 우울해서였나요?"

"이런, 내가 우울해 보였나요?"

그는 농담하듯 미소를 지었다.

"슬픔에 빠지는 약을 처방해드립니다. 하지만 우울증에 빠지는 약이나, 슬픔에 빠지는 약 모두 도움이 될 것 같지 않군요. 그보다 친구를 만나 위로받는 게 나을 겁니다. 혹시 친구가 있나요?"

그의 입에서 친구라는 말을 들으니 어색했다. 그런 당신은 친구가 있나요? 나는 그렇게 묻고 싶은 걸 참았다. 병원을 나오면서 친구에 대해 생각했다. 딱 한 명, 뭉이가 있긴 했다. 그래서 아직 우울증에 걸리지 않았나 보다.

다시 서성였다. 병원에서 나온 후 갈 곳이 없었다. 대낮이지만 할 일도 없었다. 대다수 인간이 이렇게 서성대며 살아갈 것이다. 서성대는 시간 속에 갇히면 그 끝이 보이지 않는다.

가로수길 방향으로 발길을 돌렸다. 양쪽으로 키가 인간의 스무 배가 넘는 메타세쿼이아가 수천 그루 심어져 있었다. 그 긴 길에 나 말고는 단 한 사람이 있을 뿐이었다. 그의 걸음은 너무나 느렸다. 나무 그림자 속에 갇혀 사라졌다 나타나곤 했다. 그의 그림자를 보고 있으니 시공간이 멈추는 것 같았다. 나도 저

친구

리 사라질 듯 나타날 듯 걷는 걸까, 생각하는 순간 그림자 속에 갇혔다. 고개를 올려다보니 40미터에 이르는 나무가 나를 내려다본다. 거대한 그림자가 드리워졌다.

걸어도 걸어도 그림자에서 벗어나지 못했다. 재빨리 걸어도 소용이 없었다. 나무의 그림자이거나, 그림자 속의 한 점이거나, 그림자로 빨려 들어가거나. 수묵화가 떠올랐다. 검은색과 흰색만 있는 풍경 속에서 인간은 한 점이거나 그림자였다. 커다란 나무들이 즐비하게 늘어선 그 길에서는 우리도 점이거나 그림자였다.

나무 사이 벤치에 앉아 주변을 둘러보았다. 아무도 없었다. 팜월드로 몽이에게 메시지를 보냈다.

한잔할까?

의외로 금세 답장이 왔다.

10분 뒤에 만나.

의사는 '친구'를 만나 '위로'를 받으라 했다.

약속 장소인 학교 정문 앞 펍에서 몽이를 기다리며 '영원한 친구'에 대해 생각했다. 불가능한 개념이다. 인간은 있지도 않은 존재를 향해 기도를 올리고, 겨우 130년을 살면서 영원한 사랑과 우정을 약속한다. 그럼에도 노아가 우리를 '영원한 친구'로 이어준 것은 고마운 일이다. 노아는 알았을 것이다. 자신이 언젠가 살해당할 것을. 자신이 사라진 세상에 남을 외로운 존재들을 '영원'이란 개념으로 맺어주고 싶었을 것이다. 불가능한 개념일지라도.

 노아가 사라지고, 제이슨이 사라지고, 엘리야가 사라졌다. 그래도 한 명 남았다. 노아가 이어준 영원한 친구 몽이가. 영원 같은 건 없을지라도 현실만큼 생생한 시뮬레이션처럼 우리에겐 탄탄한 믿음이 생겼다. 본디 인간은 허상을 믿으며 살아가는 존재. 나도 이 생에서는 의심하지 않을 것이다, 영원을.

 펍에는 아무도 없었다. 아직 몽이가 도착하지 않았나 보다. 화장실에 들렀다 나오는데 지하층에서 고함 소리가 들렸다.

 인간들의 싸움은 이제 신물이 났다. 프로그램에선 싸움 구경에 흥미를 느낄 때도 있었지만 현실에선 끔찍하기만 했다. 펍에 돌아왔지만 몽이는 보이지 않았다. 펍은 고요하기만 했다.

 근처에 와 있을까 싶어 건물 주변을 돌다가 콘스탄틴이 모는 차를 발견했다. 콘스탄틴에게 연락했지만 답이 없었다. 몽이도 받지 않았다. 순간 불길한 생각이 들었다. 계단을 뛰어내려갔다. 싸우는 소리는 지하 1층이 아닌 지하 2층에서 들려왔다. 아까는 언쟁으로 들렸다면 이번엔 많은 사람이 누군가를 때리는 소리였다. 한 명이 일방적으로 맞고 있다. 소리 나는 곳으로 뛰어들어갔다.

 어둠이 밀려들었다. 눈을 깜빡였다. 사람들이 누군가에게 욕을 하고 있었다. 소리를 들으니 더 불안했다. 나는 그리 빠르지 않았다. 더 속도를 내고 싶은데 호흡이 가쁘고 걸음은 느려졌다. 박서로, 나를 느리게 만든 것도 분명 박서로였다. 중요한 순간에 오히려 엉뚱한 행동을 하는 청개구리 인간 박서로.

사람들이 누군가를 둘러싼 채 협박하고 있었다. 너무 어두워서 형체만 겨우 볼 수 있었지만 소리는 뚜렷했다.

"죽으려고 환장했지, 모녀가."

"엄마는 휴머노이드, 딸은 외계인을 끌어들여?"

가운데에 한 사람이 웅크리고 앉아 있다 앞으로 쓰러졌다. 설마. 어둠이 눈에 익자 옷차림을 알아볼 수 있었다. 까만색 원피스, 노란 크로스백, 노란 머리끈. 그 주위로 야구방망이, 쇠파이프, 우산, 각목, 피켓, 망치, 삽이 보였다.

내 속에서 괴성이 터져 나왔다. 박서로는 기계가 생각지도 못한 짓을 저지른다. 괴물처럼 소리를 내지른 것이다. 놀란 사람들이 뒤를 돌아봤다. 박서로는 그들을 향해 무서운 기세로 달려들었다. 혼비백산한 사람들이 방망이와 쇠파이프를 내던지고 도망쳤다.

다가가 보니 몽이가 있었다. 아니 몽이가 아니었다. 적어도 내 데이터 속의 몽이는 아니었다. 광대뼈는 함몰되고, 갈색 눈동자는 주변이 퉁퉁 부어 보이지 않았다. 머리에 가해진 타격을 막느라 손의 뼈는 모두 으스러졌다. 앞으로 고꾸라진 후에도 무지막지한 발길질이 이어져 척추도 대부분 내려앉았다. 머리 뒤쪽도 함몰되었다. 운동을 관할하는 소녀가 손상을 입었으니 살아나더라도 걷기 힘들 것이다. 그토록 좋아하는 춤도 추지 못할 것이다. 더구나 이미 너무 많은 피를 흘렸다. 몽이는 의식이 없었다. 바닥에 흥건한 피를 보면서 나는 회로가 고장난 것처럼 아무 생각이 들지 않았다. 갈수록 인간처럼 어리석어진다. 갈수록 인간처럼 혼란스러워졌다.

몽이를 들쳐업고 계단을 오르면서 앰뷸런스를 불렀다. 지하 2층에서 1층까지는 빨리 뛰면 30초가량 걸릴 것이다. 그런데 이상했다. 계단이 계속 생기는 것 같았다. 시간이 거꾸로 흐르는 것 같았다. 계단이 저주처럼 불쑥불쑥 솟아났다. 몽이는 죽어 가는데, 내 걸음은 느려지고, 힘이 빠지고, 계단은 자꾸만 이어진다. 펜로즈의 계단처럼 끝없이 끝없이. 헐떡거리는 내 신음이, 죽어가는 몽이의 숨소리가 귓가에 들린다. 몽이의 팔다리는 축 늘어지고, 계단은 끝이 나지 않는다. 뼈가 으스러지도록 방망이질을 당한 몽이의 몸은 흐느적거린다. 모래가 손아귀에서 빠져나가듯 내 팔로는 붙잡을 수 없다. 몽이의 몸을 따라 시간이 계단 아래로 떨어진다. 내 몸도 미끄러진다. 움직이지 않는다. 나는 이곳에 갇힌 것만 같다. 심연은 끝이 없다. 멈추지 않고 내려가는 가속 엘리베이터 안에 갇힌 기분이다. 나는 이 불행을 멈출 수 없다. 모든 것이 하나로 이어졌다. 이제 이해했다, 인간의 자살을. 정말이지 죽고 싶었다. 나는 결심했다. 여기서 빠져나가면 죽어야겠다.

친구

19
꿈과 거울

 수술실로 들어간 몽이는 8시간이 지나도록 나오지 않았다.
 죽을 것만 같다.
 몽이가 죽을까 두렵다.
 한편으론 죽지 않을까 두렵다.
 저렇게 다치고도 죽지 않을까 봐.
 두렵다, 인간들이 몽이를 이용할까 봐.
 새벽 1시, 몽이가 수술실에서 나왔다. 여전히 의식이 없었다. 의사는 그렇게 장시간 수술을 하고도 예후가 좋지 않을 거라 했다.
 "깨어난다고 해도 장애가 심각할 겁니다." 의사가 말했다.
 "어느 정도입니까?"

"아마 팔다리 몸통 모두 인공물을 끼우고 살아야 할 겁니다."

몽이는 밤새 깨어나지 않았다. 태양이 떠올라 세상을 환하게 비추는 걸 바라보는 순간 엘리야가 떠올랐다. 나는 결심했다.

'죽여야겠다.'

몽이의 행복을 위해 죽여야 했다. 어쩌면 엘리야처럼 이용당할지 모른다. 어쩌면 내 안에서 울고 있는 박서로 같은 존재가 될지도 모른다.

의식을 찾지 못한 몽이에게 다가갔다. 손가락이 모두 으스러져 붕대로 감싼 손. 그 손을 만지며 꼭 죽여주겠다고 맹세했다. 너를, 영원한 친구인 내가 죽여야 해.

언론에서는 몽이 사고를 비중있게 다루었다. 몽이의 위치를 호무스노두스에게 알린 것이 운전기사 콘스탄틴이란 사실도 뉴스를 통해 알았다. 콘스탄틴이 호무스노두스 회원이라는 사실도. 심층 뉴스에서는 몽이가 참여한 SETI 프로젝트가 알고 보면 인류에게 전혀 위협이 되지 않는다는 사실을 다루었다. 어머니가 죽은 데다 집단 폭행으로 중상을 입은 몽이에 대한 동정론이 부상했다. 뉴스에선 김린의 인터뷰도 다뤘다. 그는 슬픈 표정을 지으며 유감이지만 인류를 위해 이 길을 포기하지 않겠다 했다. 갖은 고난을 겪고도 일어서는 영화 주인공처럼 보였다. 인터뷰가 나온 다음날엔 호무스노두스에 대한 비난 여론이 들끓었다. 이 때를 틈타 하얀천국당은 성명을 내고,

우주 평화를 위한 기도회를 열겠다고 발표했다.

　기자들이 병원 앞을 가득 메웠다. 다행히 교의 배려로 몽이는 중환자실에서도 가장 외부인 출입통제가 엄격한 구역에 머물고 있다. 나는 서류상 몽이의 유일한 친척이므로 보호자 자격으로 이런저런 수술동의서에 서명을 했다. 수술 대기실에서 갑자기 팜월드로 전화가 왔다. 처음 보는 기자였다.

"혹시 사륜 엑스엄 씨 되십니까?" 기자가 물었다.

"무슨 일이시죠?"

"몽이 엑스엄 씨와 무슨 관계입니까?" 인간은 또 관계를 묻는다.

"먼 친척입니다."

　기자는 물었다.

"아픈 몽이 씨는 앞으로 당신을 믿고 살아가도 되는 겁니까? 다시 말해 당신은 몽이 씨와 노아 엑스엄 박사의 재산을 노리고 갑자기 나타난 것은 아닙니까?"

　나는 대답했다.

"우리는 오래전부터 영원을 맹세한 사이입니다."

"그게 무슨 의미죠?"

　대답하지 않았다.

"몽이 씨는 깨어나더라도 전신 장애로 인해 평범한 생활이 힘들 텐데, 어떻게 생각하세요?"

　내 목소리가 떨리는 게 느껴졌다.

"그래도 몽이는 좋아하는 춤을 출 겁니다."

몽이가 병원에 머문 지 나흘이 지났다. 나는 두 곳만 바라보았다. 몽이와 창밖. 시간은 멈춰 있다. 나는 몽이가 다친 순간 그 한 점에 박힌 채 헤어나오지 못하고 있다. 저녁 무렵 해가 진다. 병원 정원에서 아이들이 뛰어놀고 있다. 이런 풍경을 바라볼 때면 절로 미소가 지어진다. 엘리야의 말이 떠올랐다.

'세상은 아름다웠어, 내게 일어나는 불행한 일들과 상관없이.'

나와 상관없이 세상은 늘 아름다웠다. 생생한 천국 같았다. 시간은 저절로 가고, 세상은 봄, 여름, 가을, 겨울 다양한 색으로 펼쳐진다. 평소 천국을 원하지 않았다. 그곳은 왠지 지루한 일로 가득 찬 하얀 세상일 것 같다. 그러나 땅 위의 세상은 온갖 일이 벌어지는 무지개 같은 곳이다. 이런 생생함을 느낄 때면 기가 막히게도 죽고 싶은 생각이 사라졌다. 눈앞에 아름다운 풍경이 펼쳐지는데, 내 마음이 끔찍해서 죽어야 한다니.

죽어서 하얀 천국이 아니라 우주로 돌아가는 상상도 해보았다. 검은 어둠에 머물러 있는 한 점이 되는 기분. 외로워졌다. 몽이를 죽이고, 나도 자살을 한다면 몽이 없는 우주, 그 검고 차가운 우주를 떠도는 삶은 고통스럽지 않을까. 터무니없는 상상이란 걸 안다. 죽어서 우주 먼지가 되면 지금의 삶이 기억날 리 없다. 아니, 기억이란 게 없잖나. 나는 무無가 되는 것조차 두려웠다.

꿈과 거울

나흘 동안 매 순간 이제는 죽자고 외쳤다. 그때마다 박서로는 그래도 살고 싶다고 말한다. 이제는 죽을 결심을 해야 하는데 창밖을 볼 때마다 박서로는 말한다. 아직도 살고 싶다고.

며칠 동안 혹시 호전이 있을까 기대를 하기도 했다. 그래서 의사가 내미는 수술 동의서에 모두 서명했다. 몸의 일부를 인공으로 이식하는 수술이었다. 어제는 두 팔을, 그저께는 두 다리를 기계로 바꾸었다. 다시 발생할지도 모르는 폭력 사태에 대비해 최고로 튼튼한 신형 기종으로 바꾸자는 제안서에도 모두 서명했다.

그러나 병실에 돌아온 몽이를 보고 나는 입술을 깨물었다. 새로운 몸은 얼굴과 전혀 맞지 않았다. 원래 피부색과 완전히 다른 새까만 피부, 몽이 체형과 다른 단단한 허벅지. 기능에 초점을 맞춘 새로운 몸은 몽이의 귀여운 얼굴과 주소가 다른 것 같았다. 그 자체는 군살 없는 탄탄한 몸이다. 그러나 몽이와 어울리지 않았다. 환자복을 입은 상태에서도 부조화를 느낄 수 있었다. 몽이의 결정과 무관한 그 몸은 유연한 댄서의 몸이 아니라 훈련이 잘된 전투 군인의 그것이다. 나는 머리를 제외한 몸이 인간이고, 몽이는 몸을 제외한 머리만 인간이 되었다. 우리 중 누가 더 인간적으로 보일까.

수술이 끝나고 만 하루가 지났지만 몽이의 의식은 돌아오지 않았다. 아무래도 가망이 없을 것 같았다. 나는 몽이 볼을 쓰다듬으며 말을 건넸다.

"몽이야. 우리 죽을까?"

"살아도 너무 힘들 거야. 누군가 너를 이용할까 봐 두려워."

의식이 깨어나더라도 몽이의 새 몸이 문제가 될 것 같았다. 그저 앞으로 덜 다치길 원했는데, 이렇게 다른 몸을 원한 건 아니었다. 검고 탄력있는 인공 종아리가 눈에 들어왔다. '죽여야겠다, 그게 옳다.' 의지가 강한 몽이조차 이 몸을 보면 우울에 빠질 것 같았다. 몽이는 원래 신제품을 좋아하지 않았다. 그리고 인간들은 너무 다르다는 이유로 몽이를 다시 괴롭힐 것이다. 수락한 게 잘못이었다. 최고 성능의 신제품을 장착한 몸이라니. 휴머노이드에게나 어울릴 터였다.

영원한 친구를 죽이는 결정은 쉽지 않다. 상의할 누군가가 있었으면 좋겠다. 너를 죽일지 살릴지를. 나는 누구와 상의해야 할까. 어느 누구도 내 혼잣말에 대답하지 않았다. 산소호흡기 소리만 요란했다. 어차피 몽이 외엔 친구가 없었으니 서러워 말아야지. 나만 그런 게 아니다. 대부분의 인간은 홀로 길고 긴 서러운 시간을 보내 왔다.

선잠을 자다 깨어났다. 새벽 2시 30분이었다. 병실 문을 열어 밖을 확인했다. 복도에 불이 꺼져 있었다. 모든 것이 고요했다. 환자도 간호사도 모두 잠든 것 같았다. 내 이성은 외쳤다. '지금이다!'

더 이상 몽이를 놔둘 수 없다는 결심이 섰다. 이미 엘리야를 내 손으로 죽여 봤기에, 두 번째 살해가 그리 어려울 것 같지 않았다. 몽이는 엘리야보다 조금 더 키가 크지만 시체나 다름없는 상태니까.

침대 옆 조명을 켰다. 희미한 불빛 아래 몽이가 누워있는 모습이 보였다. 조심스럽게 다가가, 길고 가는 목을 어루만졌다. 칼륨을 쓰면 편하겠지만 이 시간에는 구할 수 없다. 고전적 방법을 쓰기로 한다. 목은 이식할 필요까진 없어서 원래 몽이의 목 그대로였다.

아주 잠깐 생각했다. '몽이를 죽인 후 나는 어떻게 죽어야 할까.' 곧장 죽는 게 가장 좋을 것이다. 나는 인간이 쓰는 다양한 자살법을 알고 있다. 얼마 전 세계보건기구는 전 세계에 136가지 자살 방법이 있다고 발표했다. 하지만 내가 알기론 183가지에 이른다. 빅데이터상에는 성공률이 높은 자살 방법도 있다. 그중에 무엇을 선택할지는 아직 정하지 못했다.

몽이의 목을 어루만진다. '내 영원한 친구의 삶을 내가 끝내도 될까?' 간절히 기도하듯 만지고 또 만진다. '그래도 죽여야겠지.'

긴 여행이었다. 지극히 인간적인 상상이지만 혹시 죽어서 다른 세상으로 간다면, 그곳에서 노아를 만난다면 이렇게 말하겠다. 당신이 짜 놓은 138억 년 시뮬레이션 프로그램보다 인간으로 산 며칠이 더 길고 험난했다고.

언제 손에 힘을 주어야 할까. 인간 평균보다 3.5센티미터 가는 몽이의 목을 살펴본다. 몽이는 어릴 때부터 목이 가늘고 긴,

내 눈에는 세상에서 가장 어여쁜 소녀였다. 여덟 살 몽이가 처음 내게 건넸던 말이 떠올랐다.

"안녕, 친구."

소녀 몽이가 내게 미소를 지었다. 그 순간 내가 있던 실험실은 우주가 되었다. 그 우주는 가속팽창했고, 나는 그 소용돌이 속에 빠져 그만 다른 우주를 만났다.

소녀, 영원한 친구.

그때까지 내가 익힌 데이터와 완전히 다른 데이터가 앞에 서 있었다. 내 카메라에 포착된 네 얼굴. 눈동자는 인간 평균 눈동자보다 더 짙은 갈색이고. 머릿결은 단백질이 또래 평균보다 8% 더 풍성했지. 키는 또래보다 작았지만 성장호르몬이 충분해 문제될 것은 없었지. 까만 원피스에 노란 이불을 끌고 내 앞에 선 소녀 몽이. 넌 날 보고 미소를 지었어.

"네 이름은 뭐야?"

나는 그제야 대화를 해야 한다는 걸 깨달았어. 데이터에 저장된 온갖 인사말들이 1.3초 동안 머릿속에 휘몰아쳤어. 이십여 개의 안녕이었지. Bonjour, Buongiorno, Guten Tag, Xin chào, 您好!, Shalom, Salut, こんにちは, привет, Hej, Hei, Hello, Hallo, Halló, Hola, Alo, Olá, Сайн байна уу, Merhaba, **สวัสดีครับ**, Dobrý den, Здрастуйте, مرحبا, Cześć.

나는 간신히 한 단어를 붙잡았지.

"안녕."

꿈과 거울

안녕, 내가 말했지. 지금도 그렇지만 당시 나는 자연스러움과 거리가 먼 50센티미터 작은 기계. 다음에 무슨 말을 해야 할지 몰랐어. 내 머리는 결코 좋지 못했지. 어느 나라 말로 뭐라고 해야 할지 몰라 당황스러웠어. 내 앞에 영원한 친구 몽이가 있다는 사실만 알 뿐.

노아에게 한마디 해야겠다. 당신이 만든 인공뇌는 실패했다고. 두 번이나 사람을 살해하는 걸 보면 인간보다 도덕성이 발달한 존재가 결코 아니라고. 인간과 인공뇌의 결합체인 사륜은 수많은 시뮬레이션 프로그램을 통해 가장 나쁜 짓만 배웠다고. 호무스노두스 말대로 인류에게 가장 위협이 되는 존재라고. 내가 원래 인간으로 태어났다면 인공뇌 연구를 반대했을 거라고.

손아귀에 힘을 준다. 손가락 마디마디 울퉁불퉁한 기도를 느낀다. 조금 더 힘을 주면 목뼈가 부러질 것이다. 사람을 죽이는 일은 어렵지 않다. 타인의 아픔은 고스란히 전달되지 않으므로 나는 아프지 않다. 고통의 신호를 무시하고 힘을 주면 된다. 나는 인간의 생에 늘 뒤따랐던 살인과 폭력을 속속들이 안다. 조금 더 용기를 내면 몽이는 67초 이내에 길고 외로웠던 생을 마칠 것이다. 몽이의 살인자는 '영원한 친구'라 불렸던 존재다. 안녕. 안녕, 손아귀에 힘을 준다. 안녕, 너는 너의 우주에서 계속 춤 추기를.

손 끝에서 무언가 빠르게 움직였다. 느낄 수 있었다. 맥박이었다. 몽이가 아직 살아 있다는 의미. 눈을 질끈 감았다. 조금 더 손에 힘을 주었다. 그러자 몽이에게 무슨 소리가 들렸다. 무슨 일인가. 이건 착각일 것이다. 몽이는 의식도 없는데. 몽이의 몸이 발버둥쳤다. 죽기 직전 꿈틀거리는 지렁이처럼. 그러나 이건 그의 몸이 아니다. 그저 연결되었을 뿐이다. 내가 박서로와 연결되었듯이. 나는 상체를 숙여 몽이의 새로운 몸을 두 팔로 눌러 움직이지 못하게 했다.

'너는 죽어야 해!'

나는 몽이가 살아 있음을 느끼지 않으려고 입술을 깨물었다. 어차피 의식이 없으면 인간들은 생명이 아닌 기계로 취급할 것이다. 아직 살아 있는 목에 한 번 더 힘을 주었다. 손 끝에서 피가 몰리는 것이 느껴졌다. 살아서 지옥을 겪느니 죽는 게 낫다. 나는 너를 지킬 자신이 없다.

몽이가 살아 있는 뱀처럼 꿈틀거렸다. 설마. 너는 의식이 없고, 몸은 인공물인데. 몽이의 기계 몸이 흔들린다. 검은 몸이 주인이 되어 몽이를 뒤흔든다. 내가 힘을 줄수록 화산이 폭발하듯 에너지가 솟아나왔다. 감당하기 힘들 정도로 뜨겁고 드세다. 침대가 격렬하게 흔들렸다. 나는 놓치지 않으려고 더 힘을 주었지만, 그만 몽이의 힘에 밀렸다. 몽이의 상체를 눌렀던 내 두 팔이 떨어졌다. 놀라 뒷걸음질쳤다. 그 순간 소리쳤다.

"아!"

눈을 떴다! 몽이가 눈을 뜨고 나를 보고 있었다. 몽이는 표정으로 말하고 있었다.

살려줘!

원망과 공포가 담긴 눈빛. 그 눈빛으로 몽이가 외쳤다.

살려줘! 살려줘!

너무나 분명해 달리 생각할 여지가 없었다.

난 살고 싶어!

몽이가, 내가 죽일 뻔한 몽이가 나를 보았다. 놀란 몽이의 동공이 커져 있었다. 나는 털썩 주저앉았다. 정신이 들었다. 내가 무슨 짓을 하려 했나. 나인지 박서로인지 모를 남자가 두 손을 감싸며 울먹였다. 아니, 이 눈물은 내 눈물이 맞았다. 정확히 무엇인지 모를 격한 감정이 눈물과 함께 흘러내렸다.

고개를 들자 몽이가 우는 나를 보고 있다. 몽이의 눈빛은 단호했다.

살고 싶어, 난 살 거야!

그 밤엔 잠을 이루지 못했다. 몽이는 이제 눈빛으로 말을 건넸다. 겨우 눈만 떴을 뿐인데 전날과는 모든 것이 달라졌다. 무릎을 꿇고 내 행동을 사과하고 싶었다. 자살을 끔찍하게 여겼던 내가 누군가를 살해하려 하다니. 몽이가 잔인하게 살해되는 걸 보고 싶지 않아서였다. 나는 두렵고 무서웠다. 내 주변에서 또다시 그런 일이 일어날까 봐. 내겐 이 세계가 고통스러웠다. 내겐 힘겨웠다. 하지만 몽이의 뜻과는 달랐다.

　몽이의 기계 몸은 한 번씩 발작했다. 아직 뇌와 몸의 접합이 완전하지 않기 때문이다. 그럴 때면 몽이는 눈을 뜨고 그 순간을 생생히 겪었다. 처음엔 태연했지만 시간이 지날수록 감전된 것처럼 표정이 일그러졌다. 발작은 3분 정도 계속되었다. 가라앉고 나면 금세 평온한 표정이 되었다. 자신의 새로운 몸에 집중하는 것 같았다. 밤새 30분마다 발작이 일어났다. 격렬한 희열과 끔찍한 고통이 동시에 몽이의 몸과 의식을 관통했다. 거대한 부조화가 몽이를 사로잡았다.

　저렇게 힘들면서도, 또 다시 위험에 처할 걸 알면서도, 결국 살기로 결정한 몽이를 이해할 수 없었다. 하지만 나는 몽이 뜻에 따를 생각이다. 함께 살 것이다. 함께 꿈꿀 것이다. 함께 춤출 것이다. 몽이의 영원한 친구이므로. 슬픔과 아픔으로 점철된 세계지만 우리는 살기로 했다.

　아침에 의사가 몽이를 진찰했다. 의식이 돌아왔다고 말하며 놀라는 눈치였다. 아직 제대로 움직이지 못하고, 말도 못하지만 이것만도 기적이라고 했다. 의사의 소견에 몽이의 눈가가 촉촉해졌다. 입술이 달싹이더니 천천히 입을 벌렸다. 그리고 간신히 한마디를 외쳤다.

　"아."

　그 외마디로 몽이의 세계는 바뀔 것이다. 몽이의 귓가에 대고 속삭였다.

꿈과 거울

"너는 살 거야, 나는 살 거야, 우린 살 거야."

의사가 돌아간 후에야 긴장이 풀렸다. 잠이 몰려왔다. 몽이 침대 발치에 엎드려 머리를 팔에 묻었다. 꿈을 꿨다. 언제부터 꿈을 꿀 수 있었는지 모르지만 꿈이 기억나기는 처음이다. 고대했던 첫 꿈은 생각보다 그리 근사하지 않았다.

나는 도둑이 되었다. 복면을 하고, 위아래로 검정 옷을 입고 있었다. 어둡고 긴 관을 타고 도둑질을 하러 내려갔다. 관은 울퉁불퉁하고 미끌미끌했다. 손을 짚을 곳이 마땅치 않아서 애를 먹었다. 내려가다가 어둠 속에서 큰 폭발 소리가 나서 움찔하기도 했다. 주인이 오기 전에 재빨리 훔쳐야 했다. 신중하고 조심스럽게 조금씩 아래로 내려갔다.

관이 옆으로 휘어졌다. 꺾인 곳에서 세찬 물살이 쏟아져 내렸다. 바들바들 떨며 몸을 버텼다. 겨우 떠내려가지 않고 살아남았다. 구불구불 휘어진 도로처럼 관은 이리저리 휘어졌다. 또 한 번 물살이 쏟아졌고, 또 살아남았다. 물살이 잠잠해질 무렵 이런 생각이 들었다. '도대체 얼마나 귀한 것이 있길래 이렇게까지 애를 써야 하는가.' 그러니까 나는 훔칠 것이 무엇인지도 모르는 도둑이었다.

마침내 밝은 평지에 도착했다. 주위를 둘러보고는 깜짝 놀랐다. 비어 있었다. 그곳은 아무것도 훔칠 게 없었다. 작품 하나 없는 갤러리처럼 하얗기만 했다. 고개를 들어 어렵게 내려온

관을 올려다보고 또 한 번 놀랐다. 그곳은 내 몸이었다. 나는 식도를 지나 소장을 따라 마침내 내 몸속 깊은 곳으로 내려왔다.

꿈에서 깨어났다. 문득 거울이 보고 싶었다. 거울을 향해 다가갔다. 몽이가 누운 침대 맞은편에 전신거울이 있었다. 거울 앞에 서서 내 얼굴과 몸을 함께 비춰 보았다. 그 사람은 이제 내게 낯설지 않은 존재가 되어 있었다. 그가 서 있는 거울 안쪽을 물끄러미 바라보았다. 그러다 나처럼 거울을 보는 존재를 발견했다. 몽이였다. 침대에 누운 몽이가 눈을 뜨고 있었다. 몸은 아직 움직이지 못하지만 고개는 거울 쪽을 향하고 있었다. 의사가 진찰하느라 담요를 걷어 놓았기에 몽이의 달라진 몸이 그대로 거울에 비쳤다.

"너야."

내 말에 몽이의 눈이 한 번 끔뻑였다. 슬픔도, 기쁨도, 놀라움도 드러나지 않았다. 그저 시선이 거울에서 떨어지지 않았다. 자신의 낯선 몸을 바라보았다. 몽이는 아직 모른다. 언제쯤 이 물질 같은 몸과 연결될지 모른다. 나는 아직 모른다. 서로 다른 존재가 어떻게 한 몸속에 살아가게 될지 모른다. 거울 속에는 우리의 미래가 있었다.

꿈과 거울

| 작가의 말 |

 이 책은 2019년에 나온 『꿈을 꾸듯 춤을 추듯』의 개정판이다. 첫 책은 2016년에 구상해서 2019년 2월에 완성했다. 발간은 2019년 6월. 하지만 출판 후에 홍보를 전혀 하지 못했다. 당시 나는 과학재단에 다녔다. 회사에 누가 될까 두려웠다. 그래서 내가 소설을 냈다는 사실을 감추고 싶었다. 그나마 SF 시리즈 중의 한 권으로 나와서 SF 매니아들에게 간혹 팔리는 책이 되었다. 출판사가 SF 시리즈를 정리하면서 내 책도 함께 정리되었다.

 그때 작가의 말에 나는 우아하게 단 네 자를 썼다.
 우리에게.
 평소 작가가 작가의 말에 길게 쓰는 걸 좋아하지 않았다. 뭔가 깨지는 느낌이 들까 걱정스럽기도 했다. 지금은 생각이 다르다. 작가는 작가이고, 소설 속 인물들은 어딘가 다른 세계에 살고 있을 거라 믿는다. 그래서 인물 한 명 한 명의 행불행에 더 가슴 저민다.

 이 책을 쓰면서 고마운 분들이 얼마나 많고, 영감 받은 분들이 얼마나 많은데 내가 그 분들 언급을 하나도 안 했던 건지.

먼저 윤신영 기자님께 감사드린다. 6년 만에 제대로 인사드린다. 자문해줄 사람을 찾았을 때 처음으로 떠오른 분이 윤 기자님이었다. 친한 사이도 아니었지만 주변에 내가 아는 분 중에 가장 지적인 분이니까. 무작정 원고 자문 부탁을 드렸는데 자세히 살펴보시고는 사례도 일절 안 받았다.

사륜이 데이터 전문가로 나오는 이유는 카이스트 정하웅 교수님의 영향이다. 서울 회의에 참석할 때면 늘 빵이나 술 같은 대전 '특산품'을 들고 와서 직원들 먼저 챙겨 주셨던 다정다감한 분이다.

정신과에서 나누는 양자역학 대사는 김상욱 교수님의 강연 기획을 할 때 영감을 받아서 썼다.

한양대 임창환 교수님 책에서는 로봇에 대한 영감을 많이 받았다.

장병탁 교수님께는 이진경 교수님과 대담집을 준비하는 동안 인공지능에 대한 기본 지식을 많이 얻었다. 모임을 먼저 제안하고, 밥도 자주 사주시는 다정한 분이다.

과학철학자인 전치형 교수님 저서 『사람의 자리』에서도 영향을 받았다.

이 책에 대해 힘이 되는 말씀을 전해주셔서 개정판에 자신감을 갖게 해준 장동선 박사님께도 감사드린다.

비영리 과학단체에서 활동하면서 여러 과학자를 만나고 있다. 늘 말한다. 내가 만나온 과학자들 99%는 멋졌다. 과학재단과 과학단체에서 만난 많은 과학자들 덕분에 이 글이 완성되었다.

한편 이 책의 사유는 철학자 이진경 선생님 영향이 가장 크다. 철학자 이진경은 『철학과 굴뚝청소부』로 유명하다. 나는 『불온한 것들의 존재론』을 추천한다. 깊고 좋은 사유는 때론 문학보다 더 감동적이다.

지난 회사를 그만두고 프리랜서로 있는 동안엔 어느 커뮤니티에서 SF 모임장 활동을 했다. 시즌 1~6기까지 함께 했던 분들 덕분에 글 보는 눈이 좋아졌다.

봄부터 어느 책 공간에서 일하고 있다. 함께 으샤으샤 전력을 다해 재개관을 준비했다. 이 개정 원고를 내 예상보다 늦게 보내게 되었는데 그건 퇴근 후에 원고 한 자 볼 기력도 남아 있지 않았기 때문이다. 평소 회사의 효용은 월급 말고 무엇이 있을까를 생각하곤 한다. 오랜 기간 같은 꿈을 꾸고, 꿈꿨던 일이 현실이 될 때 일어나는 집단 카타르시스도 그중 하나가 아닐까. 온갖 힘든 일을 헤쳐온 우리에게 5-900 감각숫자 '함께 희열하는 공통 감각'이 일어나기를 기원한다.

자주 갔던 카페와 공유오피스의 사장님, 스탭들께도 감사드린다. 새로운 곳을 구경하는 걸 좋아하는 내가 반복해서 머문 공간이라면 정말 근사한 장소란 뜻이다.

별로 알려지지 않은 작가의 책에 관심을 주시고 개정판을 내자고 제안해 주신 강병철 대표님께도 감사드린다. 편집 과정에서 여러 번 놀랐다. 작가보다 훨씬 뛰어난 언어 감각을 갖고 계신 분이다. 〈꿈꿀자유〉는 좋은 의학 서적을 여럿 펴낸 곳이지만 문학 분야는 첫 책이라 들었다. 기존 책 제목 '꿈을 꾸듯 춤을 추듯'과도 비슷해서 신기했다. 계약하면서 하신 말씀이 기억에 남는다. '상서로운 출발이 되었으면 합니다.'

어머니 사랑합니다. 〈노매드랜드〉의 펀처럼 씩씩한 이모도요.

작품을 꼼꼼히 읽고 의견을 보내준 첫 번째 독자 큰언니. 그리 잘 팔리는 책을 내보지 못 한 작가는 늘 자문한다. 난 괜찮은 글을 쓰고 있는 걸까? 이런 고민을 할 때 큰언니는 늘 내 글의 가치를 알아봐 주었다. 가족과 조카들은 내게 뼈대처럼 든든한 존재다.

내가 어떤 상황에 있든 한결같이 내게 다정했던 친구들, 지인들에게도 고맙다. 만나면 그저 함께하는 시간을 온전히 즐겨준 친구들 덕분에 나는 깊은 숨을 내쉬며 살았다.

마지막으로 절판된 책을 찾아서 읽어 주신 독자님들 덕분에 개정판을 내게 되었다. 마음속으로 큰절 올린다.

불가능 속에 가능성을 찾는 일에 관심이 많아졌다. 어릴 땐 내가 추진하는 일은 결국 잘 될 거라는 낙관 혹은 아예 안 될 거라는 비관, 극단을 오가곤 했다. 직장을 다니면서 나와 다른 결을 가진 사람들을 대하는 데 어려움이 있었다. 한 번도 상상하지 못했던 사건들도 겪었다. 점차 어린애 같은 낙관은 접었다. 지나친 낙관은 오히려 상상력 부족 때문일 수도 있었다. 거울 앞에 선 내 얼굴에 가득찼던 '생기'가 '생의 기운'으로 변할 무렵, 나는 최악과 최선의 상황을 동시에 상상했다. 무엇보다도 섣부른 희망 속에 상처를 받는 일이 두려웠기 때문이다.

2022년에 우울증 증세가 생겼고, 몸 여러 곳에 고장이 났다.

두뇌 활동이 멈춘 것처럼 평소 잘 해내던 일도 못했다. 그래도 회사를 관두는 게 두려웠다. 어느 순간부터 내가 일을 사랑하는 게 아니라 나의 집착을 사랑한다는 사실을 깨달았다. 결국 그만두고 반백수로 살아가게 되었다. 그러곤 돌아다니는 것을 좋아하는 사람답게 여기저기 움직였다. 일은 잘 풀리지 않았다. 시도했던 모든 일이 다 안 이뤄지는 나날이 이어졌지만, 다 막힌 것처럼 보였지만, 나는 살아서 걸어 다녔다. '안 되는 일들 99% 속에서, 되는 일이 1%라도 생기면 삶은 움직인다'를 깨달았다. 사람이 결국 살아지는 일에 대해 생각하게 되었다. 세상에는 슬픔이 너무 많아서 내게도 한 번씩 닿기 마련이다. 언제 또 소나기 같은 슬픔이 닥칠지 모르니 지금의 온전하고 따사로운 햇살을 누리려 애써야 한다. 내가 떠올린 인물들도 어디선가에서 수없이 아파하면서도 점처럼 빛나는 순간을 발견하지 않았을까. 우울하고 혼란스럽지만 한 순간의 기쁨을 기억하며 살아내고 있을 138억 년의 존재로움을 위해 기도한다.

2025년 7월 31일

김재아

| 플레이리스트 |

이 책을 쓰면서 자주 들었던 플레이리스트

얼마 전에 읽은 이제니 시인의 책 뒤편에 플레이리스트(플리)가 있었다. 내가 원래 자주 듣던 곡도 있었지만 처음 듣는 곡이 많았다. 그 플리를 들으며 시인의 취향과 감성을 나와 동기화해 보는 경험이 즐거웠다. 그래서 '다음 책을 낼 때 플레이리스트를 공유해야지', 결심했다. 막상 뽑아 보니 특별히 고상하거나 일관된 취향을 보이는 게 아니라서 부끄럽다. 몇 년 뒤에 바뀐 플리를 공유하는 것도 재밌을 것 같다. 아래 곡은 독자가 책을 읽는 동안 듣도록 되도록 가사가 없거나 조용한 곡 위주로 뽑았다. 다음 책엔 영감 받은 곡 리스트를 공유하고 싶다. 그땐 시끄러운 곡들도 많을 것이다.

바흐: Organ Sonata No. 4, BWV 528:II. Andante – Vikingur Ólafsson
개정판을 쓰는 동안 자주 들었다기보다는 몇 년 전부터 꾸준히 들은 곡이다. SF적인 느낌을 주는 뮤직비디오에 반했다가 바흐의 오르간 소나타 4번 2악장에도 관심이 생겼다. 어릴 땐 베토벤을 좋아했다. 요즘은 바흐가 좋다. 바흐는 공간을 확장시켜 주는 힘이 있다.

20:17 – Ólafur Arnalds & Nils Frahm
글 쓸 때 배경음악으로 잘 어울린다. 올라퍼 아르날즈의 곡 중 초창기 처절한 분위기의 곡들도 좋아한다.

Okinawa – 92914
6년 전쯤 카페에서 처음 들었다. 카페가 햇살 좋은 바닷가로 바뀌는 경험을 했다.

인생의 회전목마 – 히사이시 조
얼마 전 〈하울의 움직이는 성〉을 다시 보았다. 기억하는 내용과 달라서 놀랐다. 당시 함께 봤던 친구가 좋아서, OST '인생의 회전목마'가 좋아서 사랑하는 영화가 되었나 보다. 기억은 뚜렷이 남을 때보다 잔향으로 남을 때 더 매력적으로 다가온다. 지난 번 편집자에게 이 곡이 흘러나오는 오르골을 선물로 주었다.

모차르트: Piano Concerto No.21 – 조성진
모차르트 피아노 협주곡 21번 2악장은 20대 때 사귄 남자친구가 좋아한 곡이다. 영화 〈엘비라 마디간〉의 삽입곡이기도 하다. 영화 속 장

면처럼 너르고 푸르른 평원이 떠오른다. 감히 내가 도달하기 힘든 아름다움을 엿본 기분이다.

바흐: Concerto in D Minor, BWV 974: II. Adagio – Vikingur Ólafsson
2023년엔 극장에서 본 영화만 100편이 넘었다. 머릿속에서 퍼져 나가는 잡우울을 떨치려고 극장에 갔다. 어두운 상영관에 들어가면 순식간에 다른 세상이 펼쳐지는 것이 좋았다. 그해 〈파벨만스〉도 보았다. 애석하게도 영화는 내게 최고는 아니었다. 다만 바흐의 콘체르토가 흐를 때 그 분위기와 빛이 좋았다.

Dream 3 – MAX RICHTER
한때 불면증이 심했다. 수면제, 수면유도제, 멜라토닌, 운동, 음식, 유튜브 수면 채널 등 다양한 방법을 쓰면서도 큰 효과를 보지 못했다. 그래도 막스 리히터의 음반 〈SLEEP〉을 안 건 성과라고 할까. 막스 리히터의 여러 곡이 플리에 있다.

Solitude – Joep Beving

욥베빙의 처연하고 쓸쓸한 느낌을 좋아한다.

Warm – 아폴로18

이 곡은 내가 최고로 꼽는 곡이다. 매년 겨울에 찾아 듣는다. 한때 포스트락과 사이키델릭을 좋아해서 아폴로18, 할로우잰, 국카스텐을 인터뷰했다. 아폴로18이 오래 활동했다면 이렇게 좋은 곡들이 계속 나왔을 텐데 아쉽다. (이 곡은 스트리밍으론 들을 수 없는 것으로 알고 있다.)

Dawn After Darkness – Cicada

이제니 시인 덕분에 알게 된 곡. 어둠을 밝히는 태양처럼 멀리서 서서히 솟아오르는 힘이 느껴진다. 아프지만 결국 몸을 일으키며 살아가려는 몽이를 닮았다고 생각했다.

ハレルヤ – haruka nakamura

올 여름 거의 매일 들었지만 일본어를 잘 몰라서 무슨 뜻인지는 모른다. 이 곡을 듣는 동안엔 세상의 평화와 평안을 기도하게 된다. 부디 나, 너, 우리가 평안하기를.

김재아

어릴 적엔 주로 앉아 있었다. 친구들이 노는 풍경을 바라보며 이 세계가 전부가 아닐 거라 믿었다. 서른 살 넘어 과학재단에서 일하면서 SF 장르를 뒤늦게 접했다. 그제야 다른 세계에 대한 상상을 글로 표현하는 길이 보였다.
성인이 되어서 주로 돌아다녔다. 멀미 안 하는 사람이라 고속버스에서 책도 읽고, 글도 쓴다. 쉬는 날엔 집에 있지 않고 혼자 낯선 곳에 여행을 다녀와야 마음이 정화된다.
지금은 서울 어느 곳 책공간지기. 퇴근길엔 한강 다리를 걸으며 힘든 일을 잊는다.

안녕, 바나나

초판 1쇄 발행 2025년 11월 15일

지은이 김재아
발행인 원경란
기획 강병철
편집 양현숙
디자인 신병근, 선주리

펴낸곳 꿈꿀자유 서울의학서적
주소 제주특별자치도 제주시 국기로 14 105-203
전화 010-5715-1155(편집부), 070-8226-1678(마케팅부)
팩스 0505-302-1678
이메일 smbookpub@gmail.com
등록 2012.05.01 제2012-000016호

ⓒ 김재아, 2025
ISBN 979-11-87313-90-8 03810

- 이 책은 꿈꿀자유 서울의학서적이 저작권자와의 계약에 따라 발행한 것이므로 출판사의 서면 허락없이는 어떠한 형태나 수단으로도 이 책의 내용을 이용할 수 없습니다.
- 잘못된 책은 구입하신 서점에서 바꾸어 드립니다.
- 값은 표지에 있습니다.